ÉRIC
HOLDER

Bienvenue parmi nous

ROMAN

J'AI LU

« Ces enfants conçues sans plaisir ni soupirs parce qu'il était tard et qu'un peu de bétail s'était perdu dans la campagne et qu'on en guettait l'appel, les voilà maintenant les plus belles avec dans leur regard l'immense réclamation d'un amour impossible. »

Dominique PAGNIER,
Les Amours.

« Ce qui ne trompe pas, c'est l'accent, l'hésitation à peine perceptible de la voix, au bord de la confidence, au seuil du récit, à l'heure de la parole. Rien de tranchant, rien d'agressif, au contraire. C'est cela que j'écoute, cette retenue que je guette, et la pudeur la plus farouche me touchera, réduisant en fumée les roulades péremptoires des hâbleurs. Les voix qui me parlent détiennent au plus profond le secret du silence. »

Jean-Claude PIROTTE,
Rue des Remberges.

I

Ce fut peu avant la date anniversaire de ses soixante-deux ans que Taillandier prit la décision de se suicider. Il se prénommait Philippe, mais, depuis des années, personne ne l'appelait plus ainsi. On disait, Taillandier, avec cette sorte de familiarité et de pudeur mêlées qu'avaient autrefois les collégiens entre eux, et qui évitait à Charles, Jacques ou François les démonstrations d'affection déplacées. Même la femme de sa vie, Alice, dans certaines occasions, s'il advenait par exemple que le téléphone sonnât à l'autre bout de la grande maison, criait, Taillandier, un coup de fil pour toi ! Dans d'autres, elle était sans doute la seule à se souvenir de son prénom.

On n'appelait pas autrement, non plus, les toiles qu'il avait jadis signées, on disait « C'est un Taillandier » ou bien « Il y a un Taillandier qui va passer à Londres la semaine prochaine. » Il ne peignait plus depuis sept ans. Il ne s'était pas séparé des quatre ultimes tableaux qu'il avait faits. Ils reposaient dans l'atelier non loin de la grande maison, rangés et séparés les uns des autres par des plaques en Isorel. Il allait parfois les contempler – le tout dernier surtout, étonnamment plus petit que les autres, 40 × 57,5, rouge, noir, blanc, *Punto e basta !* – pour s'assurer qu'il avait été en effet au bout de son monde, et qu'après cela il n'y aurait plus eu que la redite, ou le mensonge. Il n'avait jamais su par quel biais avait-on eu vent de l'existence de ces œuvres qui marquaient, croyait-on – mais ce n'était pas à tort –, le point d'orgue de son travail. Cela lui valait, plusieurs fois l'an, la visite d'importuns qu'Alice refoulait. Certains semblaient si intéressés qu'il avait fallu se résoudre à faire blinder l'atelier.

Lui-même, n'était-ce pas ainsi qu'il s'était interpellé dans son for intérieur, Taillandier, tu ne crois pas que le moment est venu ? Il s'était posé la question sans émotion, sans effroi, presque avec sympathie. Tu ne crois pas que le moment est venu, *vieux* ?

Mmmh, il me semble qu'à trop traîner, nous risquerions de retomber dans l'indignité.

C'est ce que je pense aussi.

Nous étions le 28 mars. Il revenait du village, s'accordant de temps en temps une halte au milieu de la pente goudronnée, non pour se reposer – un homme qui songe à en finir ne s'épargne guère – cependant, il ne voulait à aucun prix retourner *là-bas*. Déjà, il sentait dans sa poitrine la douleur caractéristique. Il attendit qu'elle s'atténue, les yeux au ciel, qui était gris et au bord de pleuvoir.

Il se rappela que son anniversaire avait lieu le 14 mai. Est-ce qu'on ne pouvait pas arrêter cette date-là, Philippe Taillandier, 14 mai 1935 – 14 mai 19.. ? Ce fut alors que lui vint une idée. Bien qu'on n'honorât plus depuis des lustres le jour de sa naissance, à la grande maison, il ferait une fête, avec quelques amis des environs et surtout les enfants, qu'il n'avait pas vus depuis longtemps. Alice serait tellement heureuse...

Après seulement, quitter.

II

Il avait fait partie, tout comme Alice, de cette génération surgie quelques années avant la guerre, et dont les premiers souvenirs avaient été marqués par la sirène des stukas en piqué, les voisins qui fermaient leur maison et partaient dans des voitures surplombées de matelas, puis par les premiers occupants dans les rues désertées, et ce qui étonnait le plus, c'était bien leur attitude hiératique pour peu qu'ils fussent observés, mais s'ils étaient entre soldats, sourdait alors une sorte de mélancolie.

Le père avait des fonctions à Paris. On envoya Taillandier, qui était fils unique, chez sa grand-mère. Elle habitait un port de la mer du Pas-de-Calais autour duquel on ne manquait ni d'œufs et ni de lait. La haute villa de famille avait été construite en bordure de digue, dans ce style gothique – tourelles et pignons gris – propre à la fin du siècle précédent.

La grand-mère, qui était veuve, ne se formalisait point que son petit-fils allât en dilettante à la communale, et certains jours pas du tout. Elle-même avait été élevée par un précepteur qui n'avait rien de l'ancienne mode. En demandant à Taillandier de lui faire la lecture, une fois les lourds rideaux de couvre-feu tirés, et en lui défendant des titres qu'elle plaçait exprès sur les plus hauts rayons de la bibliothèque, elle le trouva bientôt plongé dans tout Verne et tout Dumas.

Sans doute ce fut elle qui, la première, lui donna le goût de la peinture. Elle avait un talent d'aquarelle qu'elle mettait à profit, les après-midi de soleil, au-dessus des dunes. Parfois, dans le marais. Ces jours-là, ils prenaient leurs bicyclettes, elle coiffée d'un chapeau de paille et trimbalant à l'arrière une antique boîte de couleurs, lui tâchant de suivre l'allure, sans jamais pouvoir se reposer sur la selle du vélo trop grand, et qui avait appartenu au grand-père. S'ils allaient en bord de mer, c'était à la recherche d'oiseaux peu communs, guifette noire, sterne naine, goéland brun, qu'elle croquait en traits rapides et précis, plaçant dans la marge, d'un coup de pinceau délayé à la hâte, mais toujours exact, des indications de plumage. Ces dessins-là servaient de base à des représentations plus minutieuses qu'elle fignolait à la villa, un peu à la manière d'Audubon. S'il advenait, en revanche, qu'ils aillent au marais, elle achevait sur le motif l'or sali de l'eau qui affleurait, le ciel d'un blanc à peine différent de celui du papier, les vastes étendues d'herbe rase et sans reflets, rompues parfois, au loin, par la masse sombre, basse, d'un gabion. En voyant cela, on songeait à la Hollande.

Il avait commencé de peindre, lui-même, en se cachant d'elle, à l'abri du grenier qui lui était dévolu, et où passaient des vents coulis. De mémoire, à l'aide de vieux tubes de gouache raflés au hasard des tiroirs de la maison, et dont il fallait écailler le goulot à la pointe du canif, il fit des chalutiers encalminés dans la vase du port, les rues du village en hiver, où traînaient un chien efflanqué, un ivrogne.

Ce n'était pas qu'elle fouillât – ou alors, il faudrait ôter du verbe « fouiller » toute idée de sournoiserie, et la remplacer par une volonté de mieux savoir afin de mieux soutenir –, mais le jour où elle tomba sur ses gouaches, elle resta stupéfaite. Elle n'avait cru que modérément, jusqu'ici, à l'existence du don en général. Ce qu'elle avait sous les yeux lui apprit qu'il était là en particulier. Le 13 mai 1942, elle s'absenta pour la journée entière et ne revint, sur son vélo, malgré les patrouilles, qu'à la nuit faite. Le lendemain, sans un mot, elle lui offrit une boîte de couleurs neuve plus grande que la sienne, des fusains, des sanguines, quelques tubes et de l'huile de lin obtenus par Dieu sait quelle filière.

Une chambre, un salon contigu avaient été réquisitionnés au rez-de-chaussée. Elle n'avait jamais consenti ne serait-ce qu'à adresser la parole à l'Allemand qui y logeait. C'était un être doux que la guerre avait voûté davantage, et qui ne rêvait au fond que d'une chose : avant de se rendre au blockhaus, prendre son petit déjeuner dans la chaleur de la cuisine où, faute de bonne, elle s'activait tôt le matin. Aussi ne renonçait-il pas, lorsqu'il la croisait, à lui souhaiter un « bonjour » hésitant. Elle haussait les épaules. Il ignorerait toujours qu'elle lisait Hoffmann et Goethe dans le texte, réservant à Taillandier, et à Taillandier seul, les sonnets de Rilke qu'elle connaissait par cœur.

Voller Apfel, Birne und Banane,
Stachelbeere... Alles dieses spricht
Tod und Leben in den Mund... Ich ahne...
Lest es einem Kind vom Angesicht,

wenn es sie erschmeckt[1]...

1. « Pomme à la rondeur pleine et poire, banane,
groseille... Tout cela va se mettre en bouche
à parler de mort et de vie... Il me vient...
Lisez-le sur le visage d'un enfant,

en train de les goûter... »

Traduction de J.-P. Lefebvre et M. Regnaut.

*

Il existe deux catégories de personnes : celles qui ont touché du doigt le Paradis durant l'enfance, et puis les autres. Peut-être les premières sont-elles le plus à plaindre, pour ce qu'elles ne s'en remettront jamais. Cette guerre dont il n'apprendrait que plus tard la totale abomination, ce trou noir dans l'espace de l'Histoire, signa pour Taillandier la période la plus parfaitement heureuse de sa vie. Il roulait à présent seul, tête nue, les cheveux collés par le sel, dans les rues du village. Et chacun, le voyant passer à vélo, bien qu'on fût sous l'Occupation – à cause d'elle ? – avait alors le sentiment de la liberté grande. Oui, être libre, c'était cela, ce garçon qui pédalait sur la digue, indifférent au climat, choisissant ou non d'aller en classe, chef de bande – on le savait – si ça lui chantait, indifférent encore quand ça lui prenait. Et s'il advenait qu'on l'aperçût dans le marais avec sa grand-mère, tous deux en train de peindre, on ne se disait pas, quelle insouciance. On se disait qu'il y avait là une forme de courage, et de l'austérité.

À la Libération, Taillandier fut forcé de regagner Paris. Il ne reconnut pas – ou fit mine de ne pas reconnaître – ses parents. Plus tard, son père eut des vues pour lui, certains appuis, la magistrature... Taillandier, qui était en âge de voguer, préféra bouffer des nouilles dans une chambre de bonne (en compagnie d'Alice), et continuer de peindre. En revanche, on ne se gênerait pas, plus tard encore, pour lancer dans des dîners en ville, Taillandier, vous avez dit Taillandier, et vous ne faites pas le rapprochement ? C'est mon fils (mon filleul, mon neveu, mon cousin).

*

Les grands-mères, et c'est heureux, durent un peu de temps. Il prenait ses vacances exclusivement chez elle. Il continuait de lui lire des romans, le soir, et lorsqu'elle sentait qu'elle s'assoupissait, elle ne s'endormirait pas comme d'autres vieillards, elle disait, le moment est venu de me laisser. Excuse-moi.

Le moment est venu, excuse-moi. C'étaient exactement les mots qu'il s'adressait en lui-même, et qui lui revenaient en mémoire au moment où il achevait de gravir la pente, en suite de quoi le plateau de lavande déclinait doucement. On apercevait la maison au bout.

Il avait souvent pensé qu'en ne mourant pas avant qu'il rencontrât Alice, l'aïeule lui avait fait une sorte d'ultime cadeau. Elle avait lutté contre la maladie tout le temps qu'il avait fallu, celui de ces grandes vacances où, en bandes composées pour moitié d'autochtones, pour moitié d'estivants, on allait dans le marais cette fois en scooter, où l'on se donnait du « C'est bath » ou bien du « Ça, mon vieux, c'est rudement épatant. » Immanquablement on avait rendez-vous au bar de l'hôtel de la plage, en fin de journée, et l'on buvait des Pim's. Alice adoptait déjà les chats, les amis, les oiseaux blessés, et tout ce qui passait à portée de cœur. Lui faisait montre d'absences soudaines, jusque-là attentionné, affable, puis d'un coup se levant de table, ou disparaissant de la conversation pour aller marcher en bord de mer. Elle était grande, élancée, pleine de cette santé qui vient aux filles du Nord, le genou rond, le mollet doux à la paume. Lui était brun, inquiet, voûté, mais lorsque son œil se levait sur vous, vous remarquiez des cils extrêmement longs et fins, un regard qui enveloppait, bien plutôt que de soupeser.

De façon inexplicable, lorsque Alice et lui comprirent qu'ils ne pourraient plus vivre l'un sans l'autre, la grand-mère cessa d'aller à l'hôpital, de prendre des médicaments. On aurait dit qu'elle avait fait son travail, et qu'elle était maintenant fatiguée. La haute villa fut mise à l'encan, bradée, dispersée comme ses cendres. Il y avait une espèce de trop tard là-dedans, trop tard pour le reste du monde, ça y était, son petit-fils aimait.

*

Il n'était plus qu'à dix mètres du seuil quand la pluie vint à tomber. Une grosse pluie de Sud, lourde, huileuse. Il fut trempé avant d'entrer dans la pièce principale, qui donnait de plain-pied. Alice avait fait du thé et le prenait sur la table basse, près de la cheminée, en compagnie d'une jeune inconnue. Près de celle-ci, un sac à dos.

Je te présente Daniella, dit-elle, mais lui ne regardait que sa femme. Combien de temps vivrait-elle ? Elle serait sûrement centenaire. Son corps n'avait rien perdu de sa vigueur ni de sa fermeté.

J'ai pris Daniella en stop. Elle n'avait pas de quoi boire un café.

Alice avait le même âge que lui. Cependant, il ne pouvait s'empêcher d'être jaloux quand on se retournait sur elle – car cela arrivait encore. Elle avait une forme de grâce particulière, informulable, c'était dans la façon de croiser les jambes, le geste d'allumer une cigarette, celui, autrefois, de se pencher sur les enfants, il aurait bien voulu être seul à ressentir ça, mais il lisait dans le regard de certains hommes qu'ils la *voyaient*, eux aussi.

J'ai proposé à Daniella de rester un peu de temps avec nous, si cela ne t'ennuie pas. Elle prendra la chambre d'amis. Ce n'est pas une fugue : sa mère l'a jetée dehors.

Alice s'était résolue sur le tard à faire un peu de couture. D'être devenue elle-même grand-mère, peut-être... Il y avait des boutons à remplacer aux vestes des petits-enfants, lorsqu'elle allait leur rendre visite. On lui faisait aussi parvenir au milieu de colis des caracos à repriser, un pardessus qui avait de l'usage. Alice s'acquittait de l'ouvrage toujours dans le même coin, près de la fenêtre au sud, et qui ouvrait sur la haie de pittosporums.

En la regardant ainsi à contre-jour, il lui semblait alors toucher, comme le doigt humecté adhère à la feuille de papier à cigarettes, le bonheur. Ou plutôt – car il n'aimait pas ce mot – l'exacte corrélation entre ce qu'offrait parfois le regard posé sur Alice et ce qu'il avait eu envie de peindre, toute sa vie moins sept ans. Une certaine perfection dans la paix. Il ne plaçait pas très haut Vermeer (bien mieux l'intéressaient les modernes, et quelques-uns de ses contemporains). Cependant, dans ces moments-là, il avait le sentiment de comprendre sa peinture plus que quiconque.

Daniella, je te présente Taillandier. Il peut lui arriver d'avoir, mettons, des *absences*.

Il serra vaguement la main qu'on lui tendait au-dessus de la table basse. Il y avait une petite chose au bout, dans un blouson trop grand pour elle, les yeux cachés par des mèches.

J'ai eu une idée, dit-il.

III

On n'était qu'au début du printemps, deux mois les séparaient encore de mai, cependant Alice téléphona tout de suite à leurs enfants. Hugo, l'aîné, habitait Paris ; bien qu'il n'eût pas quarante ans, il avait été cinq fois père, lui-même. Trois femmes différentes avaient été mères, et il n'était pas interdit de penser qu'une quatrième allait en ce moment ajouter à sa progéniture. C'était un homme pressé à qui des pensions à verser donnaient une sorte de génie pour l'argent, de fréquentes insomnies, du goût pour des rendez-vous impossibles à des heures impossibles, et qui se soldaient pourtant par d'importantes rémunérations. À l'inverse, Jeanne, la cadette, n'avait connu qu'un garçon, n'avait conçu qu'une fille qu'elle élevait sous haute protection, là-bas, près d'Annecy, où elle professait le français, le latin. Hugo, à l'usage, pouvait être aussi munificent que Jeanne se révéler timorée. Si Alice marquait une préférence pour Hugo – du moins dans la vie de tous les jours, sa *façon* rapide et irrégulière lui étant un souci constant – Taillandier devait s'avouer, lui, qu'il avait un faible pour Jeanne. De la même manière qu'il s'était planqué autrefois pour peindre dans le grenier, et que sa grand-mère avait trouvé des choses, il était tombé par hasard, en cherchant un objet égaré, sur un roman de Jeanne – elle avait quoi, à l'époque, seize ans ? – caché sous des vieux cahiers d'enfance, et ce n'était pas mal, pas mal du tout. Bien sûr, il ne lui en avait pas parlé, et elle n'avait jamais songé à faire publier quoi que ce fût, mais il était certain qu'elle continuait d'écrire.

Il était allé une fois près d'Annecy, pour la naissance de la petite-fille. Un appartement en rez-de-chaussée d'un immeuble modeste, dans une résidence séparée du monde. Surtout rien de tapageur. Son mari était doux et attentif, il professait lui-même une autre matière. Elle avait mis, pour leur venue, à Alice et à lui, les petits plats dans les grands, et puis, à peine sortie des relevailles, des bas couleur chair, une chemisette très sage, un tailleur acheté aux Trois Suisses. Et c'était sa manière à elle de dire qu'ils lui faisaient honneur.

Il y avait au mur, encadrée comme si ç'avait été un Utrillo, une minuscule aquarelle de Taillandier, qu'il lui avait offerte autrefois, presque sans y penser ; dans une bibliothèque vitrée, au milieu de ses livres d'étudiante, maintenant défraîchis, de revues de la CAMIF et de volumes en reliure « club », on voyait des catalogues d'expositions soigneusement collectionnés et classés. Parfois, de l'un d'eux, dépassait une coupure de presse qui montrait le pan d'une œuvre, ou du visage de son père.

Et tout le temps qu'ils avaient été là, lui n'avait cessé de penser au secrétaire fermé à clef dans la chambre, à l'ordinateur portable entr'aperçu sur un meuble – une petite folie, avait dit le mari en surprenant son regard, cependant Jeanne y tenait tellement... Puis l'homme avait insisté pour lui montrer la pièce de l'enfant, ajoutée à l'appartement grâce à des crédits. Il était fier de l'avoir tapissée lui-même.

Peut-être Jeanne avait-elle raconté autrefois à son futur époux, sur le ton de la confidence qu'ont les premiers jours les amants, qu'elle avait rêvé d'être écrivain, ou poète. Taillandier seul n'ignorait pas que Jeanne n'avait jamais cessé d'écrire en cachette de tout. Et de songer à cela, il lui venait une sorte de douleur sourde, quasi physique, en même temps que le sentiment d'une dignité à laquelle il n'était pas étranger.

*

Comment en étaient-ils arrivés à se retrouver tous deux, père et fille, le même soir, en train de déambuler à pas comptés dans les contre-allées qui bordaient un peu pompeusement les rues de la résidence ? Jeanne parlait d'Annecy, de son travail, cela mourait au bord de ses lèvres, et puis soudain, à l'évocation d'amis communs, professeurs eux aussi, avec lesquels son mari et elle partaient en vacances, elle renaissait, on lui voyait un engouement. Sa voix ne tardait pas à s'éteindre également, elle se rappelait subitement que Taillandier et Alice ne s'étaient pas mariés, que les amis qui débarquaient à la maison durant son enfance – si drôles, si fantasques, elle battait des mains à l'annonce de leur venue, plus tard, ils lui feraient parvenir dans des paquets pour elle seule des collections de bouchons de pêche colorés, des comtesse de Ségur en Librairie Hachette 1918, des cartes postées de Madère –, que ces amis-là, donc, figuraient à présent dans des musées, dans des collections.

À un moment, il lui prit le bras. Il n'était pas coutumier du fait. Elle tressaillit. Elle avait été habituée à un père certes soucieux, attentif, fier, aussi, de ses enfants, mais qui n'allait jamais dans le *mouillé* de la tendresse. Au bout d'un temps, elle posa d'elle-même la joue contre son épaule. Des nuages bleus passaient comme en catimini à l'horizon d'un ciel jaune, des lumières s'allumaient aux fenêtres et devant les portes de la résidence qu'en toute autre occasion Taillandier eût ignorée, mais voilà, il en saisissait à présent l'aspect feutré, le chuchotement qui convenait tellement à Jeanne, parce qu'il avait osé la toucher et qu'au travers de cela, tel un homme qui prend le jus en saisissant la main d'un autre homme en train de s'électrocuter, il vivait à la place de sa fille.

C'était à elle qu'Alice téléphonait maintenant (elle avait joint Hugo d'abord, une voix féminine et inconnue lui ayant donné un numéro de portable, elle l'avait enfin obtenu entre la rue de Rivoli et la place de la Concorde, à bord d'une Bentley prêtée), elle disait, comment vas-tu ma petite fleur ? Nous avions pensé inviter quelques copains du village, finalement, ça restera en famille. Non, Taillandier s'occupe de tout. Votre voyage. Le meilleur traiteur. Des fleurs partout. Il veut du grandiose. Je te le passe.

IV

Il s'écoula une semaine avant qu'il se rende compte que Daniella était encore là, ou bien, plus simplement, qu'elle existait. Cette semaine avait été occupée à classer des papiers, à brûler certains dessins, des ébauches qu'il avait toujours jugés inutiles, mais qu'il avait eu la négligence de ne pas détruire.

Alice ne voyait rien. Il profitait de ses fréquentes absences – elle militait au sein de plusieurs associations – pour dégraisser tant ce qui avait été l'homme que l'œuvre. Ce n'est pas si fréquent de connaître, à quelques jours près, la date de sa propre mort. Ce n'est pas si fréquent non plus d'avoir compté de son vivant parmi les meilleurs peintres de l'époque. S'il n'en tirait aucune fierté – il avait fait son travail et il avait eu de la chance, voilà tout –, il savait que durant quelques années des historiens de l'art, des muséologues, des galeristes soucieux d'établir l'authenticité de telle œuvre allaient le passer au peigne fin. Ce n'était pas sans malice qu'il faisait le ménage. S'y mêlait un sentiment curieux : celui qu'en disparaissant il ne s'éteindrait pas tout à fait – du moins, se répétait-il, durant quelques années. C'était un argument supplémentaire, si peu qu'il y eût besoin d'arguments, pour cesser de vivre. Mais à peine Taillandier se formulait-il cela qu'il chassait cette pensée comme on écarte une mouche, avec un geste involontaire de la main. Il s'était promis de se suicider ainsi qu'autrefois il avait décidé de peindre, et rien d'autre, d'aimer Alice et personne d'autre. Lui était maître de lui. Pas besoin de raison supplémentaire, sinon de flancher, et d'être à nouveau *assisté*.

Il se rendait plus fréquemment à l'atelier – jusqu'à cinq fois le jour – pour voir ses ultimes toiles. Peut-être que la perfection n'existe qu'en peinture, Taillandier se posait souvent la question. On ne sait à quoi c'est dû : voici qu'un homme – qu'une femme – propose *ça* sur une toile, et affine *ça* jusqu'à un degré que nul autre ne pourra atteindre, jamais, puisque ce degré n'appartient qu'à lui (elle).

Dans une sorte de rite étrange, il plaçait *Punto e basta !*, son recto contre le contreplaqué qui le séparait des autres tableaux. Ainsi, après être arrivé dans l'atelier et avoir retourné l'œuvre, avait-il l'impression de découvrir cette dernière à chaque fois. Il s'éloignait d'elle, se rapprochait. Il finissait par se dire que ce n'était pas lui qui avait peint cela. La distance acquise à force de répétition lui permettait de trouver cette toile et les trois qui l'avaient précédée, proches de la perfection, donc. Aucun orgueil, à nouveau, là-dedans. Juste la pointe de fierté propre à l'ouvrier qui a fait un travail achevé.

Elle avait passé la tête par la porte ouverte, puis avait eu un mouvement de recul en l'apercevant. Je vous en prie, dit-il, entrez. Elle obéit et resta plantée un peu gauchement à l'orée de la pièce qui avait été autrefois un fouillis sans nom, mais qui maintenant, du fait de l'inactivité de Taillandier, était rangée avec une méticulosité presque maniaque : sur des étagères, brosses et pinceaux alignés côte à côte, un doigt de distance entre eux ; sur une chaise, un empilement de chiffons pliés et, eût-on dit, repassés. Il tenait une autre de ses toiles à bout de bras, qu'il alla remettre en place avec soin, Eh bien, vous vous plaisez ici ? Comme il n'obtenait pas de réponse, il se tourna vers elle. Daniella faisait signe que oui, en silence. Un court instant, il songea qu'elle était peut-être muette, puis il se rappela l'avoir entendue prononcer quelques phrases, au cours des repas – sans se douter que c'était son propre mutisme lors de ces mêmes repas qui intimidait à présent Daniella.

Il la regarda plus attentivement. Elle portait

le blouson qu'elle avait lors de son arrivée – un vêtement d'adulte dont les épaules tombaient sur les bras –, des chaussures de sport sans lacets, mais neuves, un jean qui semblait également neuf. En une seconde, il eut l'intuition qu'Alice lui avait offert tout cela.

Son visage n'était ni joli ni disgracieux. Elle semblait au bord d'être un peu ronde, et n'était pas ronde non plus. Elle entrait dans cette période où les jeunes filles hésitent encore à prendre une direction précise, quand leurs traits, leur corps même, font montre de l'indéfinissable, quand elles se débattent contre l'enfance qui persiste à les tirer vers l'arrière, par le col, quand elles n'ont pas osé davantage plonger le pied dans le bain froid des grands.

Elle était, donc, intimidée. Ça se voyait à une sorte de léger dandinement, une oscillation qu'elle avait, une main serrant le poignet opposé, sous le regard de Taillandier. Pour autant, elle ne baissait pas les yeux, et ne cillait point.

Quel âge avez-vous ? demanda-t-il (et il se reprocha son ton soudain inquisiteur).

Elle avait quinze ans et demi. Sa voix était un peu rauque, et dans le demi rajouté aux quinze ans, il savait qu'elle ne mentait pas. Mieux : il eut le sentiment immédiat, la franchise de la parole épaulant celle des yeux, que Daniella pourrait bien prendre la direction qu'elle voudrait, elle ne mentirait jamais.

V

Bon sang, disait-il, elle a *quinze* ans. Est-ce que tu imagines ce que nous risquons s'il lui arrive quoi que ce soit ? Est-ce que tu as même pensé à *ça* ?

Il arpentait la chambre sans s'être déshabillé, les mains dans les poches arrière de son pantalon, plus voûté qu'à son habitude. Alice en chemise de nuit, la couette rabattue à mi-ventre, tournait les pages d'un roman avec une espèce de souveraineté.

Qu'est-ce que tu sais d'elle ? Est-ce qu'elle a passé des coups de téléphone, d'ici ? Et puis pourquoi elle ne va pas à l'école ? Je croyais que les gamins allaient à l'école jusqu'à seize ans, putain.

Taillandier, ne sois pas grossier. Elle lisait sans lunettes, ce qu'il n'était plus capable de faire depuis beaucoup d'années.

Les mioches ne sont plus obligés d'aller à

l'école ? Personne ne les recherche, dans ces cas-là ? Je veux dire, l'Administration ne les signale pas aux flics, ou à qui sais-je ?

Arrête de crier, Taillandier, elle pourrait t'entendre, ce ne sont pas des « mioches ». Ce sont des grands. Maintenant, rappelle-moi ta propre scolarité...

Il ne s'agit pas de ça. Pourquoi des mômes comme eux sont-ils sur les routes ?

Il s'était assis au bord du lit ; une bibliothèque spécialement consacrée à la poésie, des bois flottés, les œuvres de quelques amis, donnaient à la chambre une intimité chaude qui jurait avec ce qu'Alice lui dirait : la mère de Daniella était une vraie névrotique – encore fallait-il entendre là-dedans un euphémisme – et refusait ne serait-ce que d'héberger sa fille. Quant au père, Daniella avait le choix entre une trentaine de noms possibles. Bien entendu, non seulement il ne l'avait pas reconnue, mais il ne s'était jamais fait connaître. Maintenant, Taillandier pouvait-il imaginer une minute ce qui se passe dans la tête d'une fillette quand maman rentre à la maison avec deux hommes, et que le temps que ça se fasse, elle flanque sa progéniture sur le palier ?

Pourquoi des mômes comme eux sont sur les routes ? continua Alice en soupirant. Elle posait à plat son volume sur la couette, en aplanissait la reliure pour retrouver sa page dans un geste doux et las. Le pire de tout, disait-elle, c'est que Daniella ne veut pas y être, sur les routes. Elle veut être avec sa mère. Oui, elle a passé des coups de fil. Une bonne dizaine, à chaque fois, c'est la même chose, dès qu'*elle* reconnaît la voix de son enfant, *elle* raccroche. Taillandier avait-il au moins remarqué – et elle eut, en disant cela, un sourire aussi réprobateur qu'amusé – à quel point Daniella tremblait ? Comment ses ongles étaient rongés jusqu'aux lunules ? Qu'elle fumait plus d'un paquet par jour ? Que, depuis son arrivée dans la grande maison, elle n'avait strictement rien fait d'autre que se doucher, manger et dormir ?

En d'autres cas, ça m'aurait exaspéré. Mais c'est justement parce qu'il s'agit d'une mioche, comme tu dis, d'une mineure, qu'elle a tous les droits ici. Ne me parle ni de loi et ni de gendarmes. Pas toi.

Il restait au bord du lit sans répondre. Il venait de se rappeler qu'il allait mourir bientôt. À quoi rimait son inquiétude ? Nous sommes de vieilles bêtes, incapables de comprendre que nous allons être rayés de la surface de la terre, continuant avec obstination de tirer la charrue de nos valeurs et de nos craintes.

Je suis stupide, dit-il. Excuse-moi.

VI

Autant mars avait été dévolu aux pluies, autant avril commença dans un festin inattendu de soleil. Sur le plateau, parmi les garrigues, on vit éclore des fleurs et sortir des insectes qu'on avait coutume de voir plus tard. Si l'on descendait au village – et quoique aux zincs des bistrots, en dignes descendants des Gaulois, on racontât que cela était trop beau pour ne pas cacher quelque chose – il régnait dans l'air ce frémissement propre au 14 Juillet ; on se préparait, d'une certaine façon, à aller au bal, un bal invisible, mais tangible.

Taillandier lui-même y était sensible. Il arrivait maintenant que Daniella l'accompagnât jusqu'« en ville », deux kilomètres à pied, et deux kilomètres retour, qu'il effectuait par plaisir et par nécessité – il détestait conduire, Alice s'absentait souvent pour aller Dieu sait où, il avait fini par perdre la liste des causes qu'elle portait à bout de bras.

Il aimait dorénavant ce moment – en général, le matin – où, Alice partie, il savait qu'il n'était plus seul dans la grande maison. Il traînait en faisant semblant de déplacer des objets, puis se retrouvait près de la chambre d'amis, toussait un peu avant de crier, Daniella ! je vais en ville, avez-vous besoin de quelque chose ? Elle sortait de son repaire avec une sorte de hâte mêlée de joie enfantine, les yeux agrandis par des promesses de Noël (la « ville » !). Est-ce que je peux venir avec vous ?

Ils parlaient très peu lorsqu'ils partaient ainsi en excursion. Quelquefois, pas du tout. Elle, par timidité, et lui, par respect de sa timidité. De la même façon, si au détour du chemin qui les menait insensiblement à des rues, on voyait les premiers papillons, ou un perdreau s'envoler, il évitait de regarder dans cette direction pour ne pas la gêner, quand leurs regards se croiseraient.

Il sentait en elle, dès qu'ils entraient dans le bourg, la faim de voir des gens, des cafés en terrasse, des motos puissantes, des boutiques où l'on vendait des articles de pacotille, posters, lampes en Betty Boop, cartes postales représentant des enfants s'embrassant sur la bouche et donnant, *a contrario*, la sensation de l'innocence. Ce sont des objets à dix francs. Elle ne lui demandait jamais rien, il lui en achetait parfois, s'il pressentait qu'ils lui plaisaient. Elle ne le remerciait pas non plus.

Il achetait ses cigarettes aussi, selon un rite qui, en quelques jours, avait tout eu de l'immuable. Ils se quittaient devant la devanture d'une Maison de la Presse où il faisait provision de journaux. Une heure plus tard, montre en main, elle le rejoignait à l'extérieur du Bar du Centre, où il avait achevé de les dépouiller, les yeux de temps en temps fermés, le visage tendu vers le soleil. Il y avait sur la table des paquets de légères apparus comme par enchantement, et qu'elle fourrait dans les poches de son blouson ; après quoi, il lui demandait ce qu'elle voulait boire. Elle prenait immanquablement un Coca-rondelle.

Une fois, au retour, il se passa ce qu'il avait craint, son cœur se mit à battre de nouveau la chamade. Je vais pisser, dit-il, continuez sans moi, je vous rejoindrai. Il ne sut pas comment il atteignit avec dignité un bouquet de buissons au milieu duquel il s'allongea sur le dos, je vais claquer maintenant, tout est bien.

Il eut une ultime pensée pour le seul mensonge qu'il eût consenti à faire à Alice, ces cachets qu'il était censé prendre et qu'il fourrait, au moment de les avaler, dans le rembourrage d'un canapé. Il devait y en avoir un sacré paquet, à présent. Des coussins bourrés aux médicaments... Plus tard, s'en apercevrait-elle ?

Puis cela passa, comme autrefois dans les bombardements, où l'on se disait, ce coup-ci, c'est pour moi. Il se redressa au milieu des arbousiers et des myrtes, étonné de se trouver là, à fleur de terre rugueuse. La douleur s'enfuyait peu à peu de la cage thoracique, à mesure que les pulsations redevenaient régulières. Il passa la main dans des feuilles nouvellement nées, et d'autres, persistantes, ainsi qu'on caresse des cheveux. Il éprouvait pour moitié du soulagement et pour moitié un regret : au fond, c'était comme ça qu'il aurait voulu en finir, dans le printemps des plantes, sans violence.

Il aima aussi que Daniella fût rentrée à la maison – et, ne se préoccupant plus de lui, cherchât déjà dans l'imposant Frigidaire du pain à hamburgers, de la moutarde douce, du jambon et des malossols, de quoi faire un sandwich pour lequel il n'aurait pourtant eu, lui, aucun goût.

VII

Il n'était pas sûr (et non sans un humour *vache*) de la réaction d'Alice. Lorsqu'il se demandait – à sa manière habituelle : allô, allô, ici Taillandier, je voudrais parler à Taillandier – ce qu'elle ferait en apprenant son décès, il envisageait qu'elle pouvait tout aussi bien continuer de vivre que se donner la mort, elle-même. Ce n'était pas qu'il s'accordât la première place dans le cœur d'Alice – beaucoup de monde se bousculait à ce portillon-là –, mais elle avait quelque chose de romain, cette faculté, parce qu'il y a une ligne droite, de ne pas s'en écarter, et d'aller jusqu'au bout. Il se rappelait une version latine dans laquelle il avait dû traduire, autrefois, qu'une femme, sur la prière de son mari invalide, avait achevé celui-ci en le poignardant et en le jetant du haut d'une falaise. Après quoi, ce qui est beaucoup plus difficile, elle s'était infligé le même traitement. Alice était capable de ça.

Or, Taillandier ne disait pas à Taillandier qu'il allait mourir, mais *disparaître*. Au bout d'un temps, cela lui sembla une très bonne idée.

Lorsqu'on disparaît, vos proches n'imaginent pas que vous êtes mort. Tant que la pierre tombale, les cérémonies, l'annonce et les faire-part n'ont pas *scellé* votre destin – tant qu'on n'a pas retrouvé votre corps et flanqué la lourde dalle de granit dessus –, tout peut arriver. Vous vous êtes acoquiné sur le tard avec une « petite » aux Bahamas. Ou bien vous avez fait vœu de piété, et l'on vous retrouvera un jour dans un monastère. Ou bien vous faites la route avec deux francs en poche, vous vous louez pour les vendanges, pour la récolte des fruitiers, mais vous êtes libre, vous en aviez marre d'une vie tracée au cordeau.

Voilà, certaines veuves de guerre, se disait Taillandier, ne pensent pas autre chose. Si le corps a été perdu – et il se souvenait de ces épouses américaines persuadées que leurs maris étaient encore prisonniers, quelque part au Vietnam, ou ne disant pas, peut-être, qu'ils avaient choisi de ne pas revenir – si le corps est perdu, donc, l'être ne cesse pas d'exister. Et donne une raison supplémentaire de vivre à l'autre : remettre la main dessus.

Alice, oui, en pareil cas, vivrait centenaire.

Un soir, il alla chercher un atlas de France. Il hésita longtemps entre les vastes étendues colorées en vert foncé, et qui signifiaient des forêts où même des bûcherons auraient du mal à pénétrer. Ce pouvait être le massif des Maures ou le Morvan, il opta finalement pour l'Ardenne, à mille kilomètres d'ici. La carte paraissait indiquer qu'entre les noms évocateurs du mont Malgré-Tout, des Hautes-Rivières, et de La Roche-aux-Sept-Villages, il y avait de quoi ne pas être repéré avant que les animaux le trouvent.

Bien. Même s'il ne supportait pas de conduire, il louerait une voiture qu'il laisserait en bordure de route, loin. Restait le moyen : se pendre avait quelque chose d'obscène et de voyant ; s'ouvrir les veines, d'un peu lymphatique. Mieux valait opérer de façon rapide et efficace.

Un flingue.

Il n'invita pas Daniella, ce matin-là, à venir au village avec lui. Il fut présent à l'ouverture du magasin dans lequel il n'était jamais entré et qui montrait des couteaux de trappeur comme des armes de tueur patenté. Il se renseigna : le premier fusil à double détente était à 2 350 francs, un Baïkal, c'est russe. Puis on grimpait dans la qualité comme dans les prix : Vernet-Carron, Beretta, Browning, Miroku – c'est japonais. Il prit le meilleur, à 10 000 francs – il ne s'agit pas de se rater. Et des cartouches en calibre 12, chargées du plus gros plomb.

Ah, je vois que vous allez *au cochon*, monsieur, dit l'employé. Taillandier réclama encore, puisqu'ils vendaient aussi des articles de pêche, un fourreau kaki, des lignes montées qu'il plaça dans la poche extérieure, tandis que le fusil allait à l'intérieur du long sac d'épaule.

Il avait eu du nez. Alice était à la maison lorsqu'il revint. Tu vas à la pêche, maintenant ?

Il exhiba les montages, les nylons, et disait, bah, c'est idiot, j'ai oublié d'acheter une carte de sociétaire...

En suite de quoi il alla planquer les deux canons superposés, leurs munitions, dans l'atelier dont il était le seul à avoir la clé.

VIII

Un autre jour, ce fut Daniella qui alla seule au village. En début d'après-midi, il trouva un mot sur la table de la cuisine, je vais faire un tour, je reviens vers cinq heures. Son écriture était encore celle d'une enfant, en caractères ronds, les « i » surmontés de points qu'elle ne remplissait pas, pour que cela soit plus joli sans doute. On aurait dit des petites planètes dérivant entre les lignes de la page arrachée à un carnet.

S'il s'était surpris à espérer, le matin, qu'elle vienne avec lui, Taillandier n'avait jamais fait attention à elle, le reste de la journée. Tournant et retournant le message dans ses mains, comme s'il avait pu y en avoir un autre, inscrit au dos à l'encre sympathique, il se rendait compte qu'à l'exception de ce qu'on lui avait raconté il ignorait tout de la gamine. Il tâchait de se rappeler l'avoir vue en train de regarder la télévision, ou bien de lire, ou bien d'aider Alice à faire un peu de ménage. Rien de tel, et c'était certainement de sa faute, à lui.

Cet après-midi-là, subitement, il se sentit désœuvré. Il n'était pas coutumier du fait. Depuis qu'il ne peignait plus, il avait toujours établi des programmes que les journées ne parvenaient pas à épuiser. En manière d'exutoire, il alla à son atelier, déverrouilla le blindage, disposa, en prenant du recul, ses toiles, d'anciennes esquisses. Fourragea dans ses crayons, ses fusains. Fit fonctionner, même, les mécanismes du fusil à vide, après l'avoir sorti de son fourreau. *Ce n'était pas ça.*

De retour dans la grande maison, il lui sembla qu'il se réveillait sous la pendule qui au-dessus d'un banc en plâtre, dans la cuisine, marquait seize heures. Elle avait écrit « vers cinq heures », réduisant ainsi l'arithmétique à rien du tout, il n'en restait plus qu'une, et, à la pensée qu'il l'attendait, quelque chose en lui se révoltait.

Cependant, il se retrouva au seuil de la chambre d'amis. La porte entrebâillée laissait voir un Walkman à même la moquette. Il la poussa comme on fraude, avec la sensation de commettre une infraction.

Quelques habits étaient roulés en boule non loin du sac à dos. Le lit n'était ni fait ni défait. Un magazine pour jeunes filles – avec des jeunes gens en « une », il ne se souvenait pas de lui avoir acheté cela – reposait à moitié plié sur la table de nuit. Et puis c'était tout. Il n'avait jamais réalisé à quel point, malgré une collection de petits maîtres du siècle dernier accrochée aux murs, cette chambre était impersonnelle.

Il s'assit sur le lit et s'empara machinalement du Walkman. Une cassette était engagée, il la fit défiler une poignée de secondes, un seul écouteur collé contre son oreille, le temps d'entendre la fin d'une chanson qu'il n'aima pas – cela ne regardait que lui.

Lorsqu'elle rentra, il était revenu dans la cuisine. Elle avait ce rouge aux joues qui témoigne qu'on a eu, peut-être, le début d'une aventure. Il éluda en demandant, au fait, pourquoi vous appelez-vous Daniella ?

Vous savez bien, monsieur, cet air fameux (elle le chantonna d'une voix gaie et grave)... Ma mère en était folle.

Ses doigts aux ongles rongés, et qui dépassaient des manches du blouson, agrippaient la poignée du réfrigérateur, en sortaient des aliments qu'Alice avait dû rapporter exprès pour elle, parce qu'on n'avait pas l'habitude d'en voir ici, des fromages enfermés dans une coque, de la pâte à tartiner, des yaourts à boire.

Elle engouffrait la nourriture comme on se répare, accroupie devant les rayonnages. Il se détourna pour sourire. Il songeait à ces garçons qu'il avait souvent aperçus sur des Mobylette trafiquées, ou bien, un genou relevé sous le menton, assis sur le rebord des devantures de magasins, dans la grand-rue. Certains en particulier lui revenaient en mémoire : voyons, qui avait-elle rencontré ? Le grand costaud blond qu'on avait toujours l'impression de voir revenir du stade ? Le fils du marchand de tabac, long et fin – celui-là, il l'avait remarqué parce qu'il lui ressemblait au même âge, pareillement cachant derrière un front soucieux des pensées qui prendraient plus tard leur essor, pour l'heure, rendant la monnaie d'une façon qui, pour être distraite, n'en était pas moins humble. Taillandier avait quelquefois voulu lui parler, mais que dire ? Je sais ce qui vous tarabuste ?

Ou bien c'était – il espérait de tout cœur que non – le jeune Alexandre, connu partout pour son visage d'ange, son sourire éclatant, sa gentillesse *a priori*, mais sur qui l'on voyait planer, de manière inexplicable, l'ombre de drames et de voitures de sport, des Séduites et des Abandonnées, des problèmes d'argent et des amis mafieux. Il pousse sur le dos de certains enfants des ailes, comment se fait-il que nous puissions lire, irrémédiablement, qu'elles seront blanches ou noires ? Et pourquoi ce sentiment, à de rares exceptions près, de ne s'être pas trompé ?

Taillandier avait beau regarder à droite et à gauche de Daniella, il n'apercevait rien, ni empennage et ni duvet. Tout était possible, tout était ouvert. Est-ce que vous jouez aux échecs ? demanda-t-il lorsqu'elle eut claqué la porte du frigo, rassasiée – et cela ne lui ressemblait pas, de claquer une porte, de chantonner, d'avoir le rouge aux joues... Il planqua soigneusement un nouveau sourire. Non, dit-elle, on ne m'a jamais appris.

En rentrant, Alice les trouva autour de la table basse. Ils en étaient à leur troisième partie. À la première, Taillandier avait commis des erreurs volontaires. Puis il avait fallu se ressaisir : Daniella était douée.

Le soir, en se déshabillant dans la chambre aux bois flottés, à la bibliothèque de poésie, il demanda à Alice, tu ne trouves pas que Daniella va mieux ? Qu'elle est, comment dire ? à l'aise maintenant.

Le plus étrange de tout, dit Alice, c'est que sa mère ne répond plus. Je le sais, ça fait deux jours que je téléphone parce qu'elle veut au moins entendre sa voix. Elle est là, l'écouteur à l'oreille... Mais elle va bien, Taillandier. Tu as raison : elle va bien.

IX

Avril n'avait pas cessé d'être clément, et c'était devenu un de ces petits jeux entre eux, qui forgent la complicité, qu'elle disparût quand Alice s'absentait, c'est-à-dire presque tous les après-midi. Elle ne mettait plus de mots sur la table de la cuisine. Elle revenait invariablement vers cinq heures. Parfois, par périodes, à son retour, ils faisaient tous deux d'effrénées parties d'échecs. Parfois ils s'évitaient, comme s'il avait fallu, d'un commun accord, ne pas entacher la connivence par l'habitude. Alice savait des choses qu'il n'apprendrait jamais. Daniella lui faisait en revanche le cadeau de ce secret rien qu'à eux.

Un jour qu'il avait des plis à expédier – du quotidien et puis des refus pour des offres anormales, des propositions d'expositions pourries, celles de courtiers sentant le hareng, oh, bon sang ! qu'est-ce qui nous pousse à nous indigner encore de cela si près du bord ? –, il la vit à la terrasse du Café du Centre. Elle était entourée de jeunes gens auxquels il n'avait pas songé, et qui seraient plus tard – peut-être, on a le droit de se tromper – des horticulteurs calmes, aimants, réfléchis. Pas de trace d'Alexandre, et cela lui plut. Pas davantage de gros bras.

Ils firent semblant, elle et lui, de s'ignorer, le temps qu'il traverse jusqu'au terre-plein. Il avait pensé un instant lui demander si elle n'avait pas besoin de sous, et puis s'en était heureusement abstenu.

Le bas du village donnait sur un ruisseau l'été – une petite rivière à présent ; trois ponts l'enjambaient, à faible distance les uns des autres, une curiosité touristique, mais qui ne laissait pas passer deux voitures de front. Il s'assit sur le parapet du premier et jeta sa correspondance, pourtant dûment timbrée, dans l'eau. Il la regarda dériver jusqu'à la berge, se noyer, réapparaître à nouveau contre des galets qui émergeaient, couler totalement.

Quinze ans, bientôt seize... Le soleil commençait de décliner derrière les collines, découpant en ombres chinoises les plus hauts pins. C'étaient eux qui étaient en charge de faire le monde maintenant : jeunes routardes, horticulteurs réfléchis et aimants, beaux Alexandre aux destins en dents de scie. Il sourit à la rivière, au ciel qui menaçait, passant au rouge, d'en filer plein la vue. Tu n'as rien fait pour ces mômes, Taillandier, et ce que tu as pu : seulement pour les tiens.

Ce n'était pas un regret, c'était une passation de terre dans laquelle on n'avait pas semé de grabuge. Daniella, les autres aussi, sauraient-ils voir que dans l'*absence* des aînés, il y avait la volonté de ne pas les juguler davantage ? Et dans la plus définitive de toutes, cette sortie en coulisse, la remise des clefs qui n'appartiennent qu'à eux ?

On lui tapa dans le dos. C'était Georges, qui était un peu plus âgé que lui, avec qui il lui arrivait de *perdre la pétanque*, qui habitait également sur le plateau, qui avait été ingénieur maritime, dans le temps, qui s'asseyait à côté de lui, sur le pont, les jambes ballantes au-dessus de six mètres de vide, le cours d'eau brillant en dessous, eh bien, Taillandier, tu rêves à quoi ?

Je pense aux gamins, Georges.

Taillandier regardait le paysage familier, les collines tendues comme un appel au secours, par pitié, le soleil, épargnez-nous la nuit !

Je regrette de ne pas avoir fait plus, ou mieux pour eux.

Georges eut en réponse un grognement qui s'adressait au bruit de l'eau sur les rochers, à la vie en général, et à cette buse qu'on voyait tournoyer non loin d'un sommet. Ses chaussures achetées par correspondance – spécial

Alaska, fourrées, languette double fermeture Éclair – tranchaient marron et franchement moches sur le panorama. Il reste encore un peu de jour. Et j'ai des boules dans la voiture. Allez, viens.

X

Ce n'était pas qu'il l'épiât, c'était que par la plus grande des concordances, au moment de quitter le monde, il lui était donné d'imaginer, à travers elle, ce qu'allait devenir ce monde. Et plus il l'observait dans la grande maison, plus il avait confiance dans l'« après-lui ».

Le petit déjeuner constituait un moment privilégié parce que, même si Daniella se levait plus tard, Alice et lui aimaient le prolonger autour de journaux, autour de ces mots qu'une vie commune n'a pas épuisés – dont elle a, au contraire, renforcé la teneur. Daniella débarquait sur l'embarcadère de leurs discussions pieds nus, une de ses chevilles ceinte par une chaînette en faux or, et ce détail, qu'il aurait trouvé vulgaire ou absurde quelques semaines auparavant, le réjouissait. Par ailleurs, elle avait encore des pieds d'enfant, un peu épais, lourds de ce sommeil qu'ont les corps de certaines adolescentes qui ne comprennent pas, ou ne veulent pas comprendre, qu'elles grandissent.

Elle ne disait pas bonjour, elle allait chercher comme au ralenti des céréales, du lait (avant elle, on ne connaissait pas l'existence des céréales et du lait, dans cette maison), un bol qu'il se refusait à placer d'office à la troisième place, quoiqu'il en éprouvât chaque matin l'envie, parce qu'il n'était surtout pas son père.

Elle mangeait en silence, par à-coups, les coudes sur la table, voûtée au-dessus de ce bol ainsi qu'on prend une inhalation, et ce défaut aussi, de manière inexplicable, lui plaisait. Il regardait Alice. Faisait-elle semblant, à ce moment-là, de ne pas avoir remarqué que Daniella venait d'arriver ? Ou bien l'avait-elle définitivement englobée dans le patrimoine de son cœur ? Tu fais bien ce que tu veux, petit ange, sois silencieuse et ne dis pas bonjour, tout va bien, vois, je continue de discuter avec Taillandier.

Ce pouvait être autre chose, qu'il était incapable d'imaginer. Lorsqu'elles parlaient ensemble, dans la cuisine, dans le « salon » – et c'était un bien grand mot si on l'assujettissait à quelques chaises en paille, une table également basse, une cheminée, rien au mur, quarante mètres carrés de tommettes où régnait le vide –, il s'éclipsait avec une pudeur mêlée de jalousie. Elles avaient l'air de se raconter ces choses très importantes auxquelles les hommes n'ont pas droit. Il retrouvait le sentiment de n'avoir rien à faire en tournant en rond dans la chambre, attendant qu'elles aient fini. Et s'il les rejoignait, elles n'avaient peut-être même pas conscience qu'elles se taisaient subitement.

Quand il interrogeait Alice – sur un ton qui se voulait badin – il n'était pas sûr qu'elle lui racontât tout. Elle lui avait dit, pour la maman de la petite, pour l'absence du père – mais aussi l'enfance en Normandie, près de Caen, les résultats étonnants à l'école, jusqu'à ce qu'elle la quitte, ce qu'elle voulait faire plus tard, un compromis entre la fermière et l'éleveuse, de chiens ou de brebis, elle ne savait pas ; le prénom de sa seule amie, Valérie, mais elle hésitait encore à lui écrire. Il n'empêche : subsistait au fond de lui une vague incertitude, une espèce d'étonnement de ne pas tout savoir, et, plus généralement, de n'avoir pas tout su, de ne s'être pas assez penché sur les personnes qu'il avait côtoyées, serait-ce, même, Alice.

À l'heure des bilans, crayon en main, il ne voyait plus qu'une seule case à cocher : sa distraction.

Aussi, quand il remarqua que, plusieurs après-midi de suite, Daniella était restée à la maison, alla-t-il la trouver. Il frappa plusieurs fois à la porte de sa chambre, ce qui l'inquiéta davantage, mais elle avait son Walkman sur les oreilles. Lorsqu'elle cria, entrez ! il pénétra dans la pièce comme s'il s'agissait de ne pas réveiller quelqu'un. Elle avait ôté ses écouteurs, assise en tailleur sur le lit. Il se rendit compte qu'elle le regardait ainsi qu'on regarde avancer l'instituteur, avec attention, avec bonne volonté, avec autant d'espoir que de crainte. La chambre, où il n'avait plus été depuis qu'il y était entré, selon lui, quasi par effraction, présentait le même aspect. Rien, un lieu de passage.

Je voulais vous dire, Daniella, je voulais vous dire, eh bien, quelque chose ne va pas ?

Pourquoi vous me demandez ça, monsieur ?

Vous restez enfermée ici... Le matin, nous ne... Enfin, vous voyez...

J'ai *cassé*, monsieur. Il doit partir en Norvège. J'ai pensé que j'aurais moins de peine en nous séparant tout de suite, après, ce serait plus dur, vous comprenez ?

Qui c'était ?

Le fils Dumiez. Il le connaissait. Des Établissements Dumiez, fioul, brasserie, ramonage, dépannage, un beau gosse, lui aussi, vingt ans, longiligne et fin d'esprit. Ils ont des ancêtres norvégiens, expliquait-elle posément, ils ont préparé le terrain pour une entreprise là-bas et c'est lui qui s'y colle.

Je comprends, dit-il, je comprends.

En quittant la chambre, il ne put réprimer

un léger sautillement. Il ignorait si celui-ci était dû au fait qu'elle n'eût plus d'amoureux – et donc, toute la vie devant elle – ou qu'elle se fût confiée à lui de la même manière (peut-être) qu'à Alice.

XI

Les Gaulois qui avaient eu peur d'un retour de bâton en furent, dès le début du mois de mai, pour leurs frais. Il n'avait pas cessé de faire beau et chaud. Taillandier, lorsqu'il se rendait dans l'atelier, cette fois non plus pour voir ses toiles, mais pour *casser* son fusil, y introduire des cartouches, vérifier, d'un geste sec, que le mécanisme était parfait, le huiler, au besoin, songeait qu'après lui il y aurait juin, et juillet, et l'été merveilleux sur la terre. Il aimait l'idée de partir au moment où, en France tout du moins, l'on serait plus heureux que d'habitude.

Il s'entraînait à se flinguer, car ce n'est pas facile. Il déposait les munitions, tétait les canons superposés, atteignait avec peine la première détente, pas la seconde. Il finit par se résoudre à tirer dans la tempe, on gagnait dix bons centimètres, et à l'aide du pouce – pour peu qu'on en eût la force – on pouvait tirer dans la foulée une deuxième fois. Il choisissait les instants où Alice partait – il verrouillait la porte du bâtiment, au cas où Daniella apparaîtrait. C'était moins dans la crainte de dévoiler son projet que celle qu'on le voie, un peu stupide, dansant ainsi d'un pied sur l'autre, la tête inclinée de côté, tâchant de se fourrer au creux de l'oreille un fusil de chasse qui, s'il y parvenait, faisait clic, clic. Au bout d'un temps, ce fut parfait.

Taillandier possédait un peu d'argent sans pour autant être économe. Il n'avait jamais eu beaucoup de considération pour les biens matériels, se bornant à acquérir un toit, de quoi manger, de quoi faire plaisir à Alice – autrefois, de quoi élever les enfants. Il avait la chance d'être assez riche pour s'en moquer, ce qui énervait ses banquiers, et Hugo.

Ce matin-là, quand il se rendit à l'agence, il prit un malin plaisir, dans le même temps qu'il réglait de façon discrète sa *succession*, à commander dix bâtons en liquide. Il les obtint le lendemain. Il réserva – et paya d'avance – des suites pour les enfants et les petits-enfants dans le meilleur hôtel des environs, un « Relais et Châteaux » qui avait une vue imprenable sur un site connu. Puis il se rendit chez un traiteur qui le regarda avec effarement à l'énoncé de ce qu'il commandait : tout ce qu'il y avait de plus ruineux, si possible. Enfin, il passa chez le fleuriste pour faire livrer des bouquets altiers, des buissons de roses et ces délicates compositions où l'on inclut aussi bien le lierre que les branchages.

Lorsqu'il apprit cela à Alice, elle n'en fut pas étonnée. Son impérial tempérament avait du goût pour le caprice. Ce fut même avec une pointe de fierté qu'elle téléphona *illico* à Jeanne, à Hugo pour leur annoncer que Taillandier avait été, pour le coup, vraiment grandiose. Hugo s'inquiéta de savoir s'il n'avait pas vendu *Punto e basta !* (il avait sa propre idée sur la façon de négocier le tableau afin d'obtenir lui-même le meilleur courtage, et Taillandier peinait à trouver le moyen de le lui laisser après sa mort. Lui offrir, tout simplement ?).

Seule Jeanne, entendit-il – ou crut-il entendre, au son de sa voix dans l'écouteur – sentait que quelque chose n'allait pas. Je veux bien croire que c'est ton anniversaire, papa, mais c'est un faste qui va avec les dizaines, et tu n'as que soixante-deux ans.

Il éluda quand elle lui demanda s'il n'avait plus eu de crises, ou de séquelles après l'opération, s'il était sérieux avec le traitement. Tu te rends compte, dit-il, la chance qu'on a, ce 14 mai qui tombe un dimanche ? Tu verras, pour la nuit de samedi, ta mère n'a pas menti, j'ai pris des chambres de nuit de noces.

XII

Elles arrivèrent, sans s'être donné le mot, presque simultanément, la Mercedes haut de gamme immatriculée à Paris, 75, la petite Opel qui affichait, un cran en dessous, Annecy, 74. Il n'était pas loin de midi, toutes les fenêtres étaient ouvertes, et les insectes bruissaient sur le plateau de lavande comme s'ils avaient eu un message à transmettre, mais que, les humains ne comprenant point, il s'agissait de le crier plus fort.

Hugo était bien en compagnie d'une nouvelle femme, et Alice fut un peu déçue : il n'avait amené que trois de ses enfants. La fille de Jeanne, elle, avait été malade durant le voyage.

On avait prévu un buffet sous la treille. Avec un peu de chance, on mangerait dehors ce soir aussi. Le grand repas serait pour demain midi. Daniella ne se décida à sortir de sa chambre que lorsqu'ils furent tous installés au jardin. La vivacité des discussions avait décru, on n'entendait plus de ces exclamations, de ces histoires sans cesse interrompues dans la joie de se revoir. Mais quand elle déboucha au soleil et sur la terrasse, il y eut un silence. Alice, qui était à ce moment-là assise de profil, tendit la main vers elle en évitant de la regarder, viens Daniella, viens. Bienvenue parmi nous.

*

Ils sont dans le temps arrêté du week-end en famille, dans cette sorte de douce torpeur, quand on reste trop longtemps à table, quand les hommes n'aident pas à débarrasser, allument un cigare avec des préoccupations d'affairistes, quand les femmes font un peu de vaisselle, heureuses de n'être qu'entre elles. Les enfants jouent dans le jardin ou cavalent en traversant les pièces, ceux de Hugo – trois garçons – ont réussi à convaincre, avec beaucoup de gentillesse, la fille de Jeanne, qui est farouche, de se joindre à eux. C'est drôle, sans s'être jamais vus, ils sont cousins, au fond.

Daniella n'est plus là. Il ne faut pas s'inquiéter, dit Alice, elle est dans sa chambre, ou bien elle aura été faire une promenade sur le plateau. L'autre nouvelle venue se nomme Esther. Elle n'a que vingt-trois ans, non, elle n'est pas encore enceinte de lui, mais ils s'aiment, c'est sûr, et elle voudrait l'être sans tarder. Elle n'ignore pas, dit-elle en faisant tinter les plats qu'elle aide à ranger dans un placard, qu'il a eu beaucoup de liaisons. Pourquoi est-elle persuadée, cependant, qu'il ne veut plus vivre qu'avec elle ? Elle en a la certitude... Alice pense qu'elle a raison, Alice, pour la première fois, a senti une pointe de lassitude émaner de son fils, le besoin de se ranger. Son charme – qui vaut aussi pour les affaires – commence de s'émousser, et il ne serait peut-être plus capable, maintenant, de conquérir une jeune fille certes un peu superficielle – un joli petit lot tout de même.

Jeanne, qui essuie des assiettes, observe Esther à la dérobée, le pantalon qui lui rentre au milieu des fesses, la cambrure provocante, la lourde montre qui pend autour de son poignet, comme pour en souligner la minceur, cet on-ne-sait-quoi qui la rend si *parisienne*, et dont elle n'arrive pas à démêler si cela lui fait envie, ou l'amuse.

Vers le milieu de l'après-midi, le mari de Jeanne va se promener dans la garrigue avec Taillandier. Il est un peu cérémonieux, il l'appellerait volontiers « maître » ou « beau-père ». Il ne peut se résoudre à le tutoyer, ce que fait pourtant Taillandier sans vergogne. Il médite longuement chacune des phrases qu'il va dire et choisit avec soin ses mots. Mais si Taillandier, qui répond à peine et s'en veut d'être ainsi laconique, l'invite à parler de son travail, de l'Éducation nationale en général, il s'oublie, il s'emporte. C'est le système tout entier qu'il faudrait réformer. Et ce sont les plus haut placés – les plus cons, bien sûr – qui le verrouillent, ce système.

Le soir, oui, ils pourront dîner dehors.

XIII

Il s'était demandé l'effet que cela lui ferait, de les *récapituler* tous, petits-enfants compris, au milieu des fleurs et devant le banquet servi par deux extras loués pour l'occasion. Or, il n'éprouvait ni peine, ni la sensation d'emporter une ultime image. Il était simplement heureux de les observer autour du repas, les grands, ravis du Dom Pérignon, de la vodka et du caviar en abondance – les plus jeunes, des hamburgers et du Coca qu'il avait eu le tact de faire livrer également (Daniella avait aussi préféré des hamburgers et du Coca). Il présidait en bout de table, on lui avait fait des cadeaux. Au moment de leur remise seulement, il avait ressenti une vague tristesse. C'était idiot, mais il avait espéré que Jeanne lui offrirait un manuscrit, Hugo, il ne savait quoi de rapide, de compliqué et de scintillant, Alice, quelque chose qui aurait ressemblé à un port de la mer du Nord, avec le bar de l'hôtel de la plage et des scooters garés en face, dans les couleurs délavées des années cinquante.

Curieusement, c'était le présent de Daniella qui lui avait procuré le plus de plaisir : un brûle-gueule en bois vernissé, une boîte de tabac ronde au-dessus de laquelle on voyait un vieux navire. Elle avait dû acheter ça avec Alice, à la boutique où officiait ce garçon rêveur et doux. Bien entendu, le moment venu, Daniella lui avait tendu le paquet avec brusquerie et s'était immédiatement éloignée dans une pièce voisine.

Il regardait, amusé, Esther échanger des adresses avec Jeanne, lui demander des conseils, et les attendre, en retour, avec trop d'attention. Hugo s'était (oh, légèrement) débraillé, et tâchait de manger malgré l'un de ses fils qui, ayant enserré les bras autour de son cou, restait obstinément accroché dans son dos. La fille de Jeanne, très droite sur sa chaise, en attente du gâteau, constatait avec réprobation que les places de ses cousins étaient vacantes. On ne sait de quoi son père entretenait Alice, toujours est-il qu'on entendit celle-ci nettement dire, eh bien, et si nous parlions d'autre chose maintenant ? D'amour ou d'aventures. Vous n'en auriez pas une bonne à me raconter ?

Au dessert, on chanta *Happy birthday to you, Taill-llan-dier, happy birthday to you.* Cela lui fit drôle, de se rappeler qu'il se prénommait Philippe. Il se demanda, au soir de sa vie, s'il avait été trop raide ou trop absent. Les deux, sans doute.

*

Hugo tenait le tableau à bout de bras, il disait, laisse-moi le revoir, c'est *vraiment* un chef-d'œuvre, papa. C'est...

Ils avaient laissé ouverte la porte de l'atelier, ainsi que les volets et les fenêtres, pour aérer un peu. La fin d'après-midi étalait sur de grands pans de mur un jaune de crème vanille. Des abeilles entraient, s'étonnaient d'être là, et se dépêchaient de sortir par une autre issue.

C'est... Je n'ai jamais vu ça que dans les dernières toiles de Bram Van Velde. Tout est dit. Promets-moi que le jour où tu te décideras à le vendre, tu passeras par moi.

Je suis toujours sous contrat, tu sais.

Les contrats... Hugo leva les yeux au plafond. Je t'ai parlé de cet ami qui dirige un cabinet d'avocats avenue Hoche ? Tu n'as pas idée de ce qu'on pourrait se faire sur ce coup-là, toi et moi.

Taillandier aimait cette manière directe que son fils avait d'avancer les choses. Il ne savait pas où il l'avait pêchée, il en concevait une sorte de fierté.

Je te l'offre. Je te *les* offre. Les quatre. C'est pour toi.

Hugo n'eut pas la réaction qu'il avait imaginée. Hugo reposa la toile avec précaution telle qu'elle était, l'envers tourné vers eux, biffé d'un « *Punto e basta !* Taillandier 90 » ni trop énorme, ni tout petit : une attestation. Hugo se massa le front avec lassitude. Je ne peux pas accepter, papa. Impossible de vendre un de tes cadeaux. Tu me condamnes à les laisser aux murs d'appartements ou pire, dans le sous-sol d'une banque.

D'accord, Hugo, alors voici ce que nous allons faire : on les met dans le coffre de ta voiture. Tu les vends *comme tu le sens* (c'est un cadeau, pas besoin d'en passer par ton pote avocat), tu prends un tiers, tu m'envoies l'autre, le dernier à ta sœur – par virements successifs, une grosse somme l'affolerait. Tu raconteras n'importe quoi. Que tu as gagné aux courses... Le sens de la famille...

Tous étaient de l'autre côté de la maison. Ils n'eurent aucun mal à charger les œuvres dans la Mercedes sans être vus. Un seul voyage suffit, de l'atelier à la voiture, mais durant lequel Taillandier sentit peser sur lui le regard de son garçon. Oh, pas de mensonges, Hugo, j'ai besoin de sous, du boursicotage, et je n'aimerais pas qu'Alice le sache.

Toi, du boursicotage ? Le regard devenait suspicieux.

C'est une des grandes joies de la vieillesse, répondait Taillandier en plaçant des couvertures entre les tableaux. Mais rassure-toi, je ne mange pas le fonds.

*

Le soir tombe quand les enfants s'en vont. Tels qu'ils sont arrivés, presque ensemble, ils repartent. Les voilà adultes, parents eux-mêmes – pourquoi cette inquiétude en voyant leurs feux arrière s'éloigner ? On espère qu'ils téléphoneront – serait-ce au milieu de la nuit – pour informer qu'ils sont parvenus à bon port.

Il reste dans la maison des bouteilles que les extras, avec une espèce de discrétion, ont laissées près de verres. Des fleurs baissent la tête. Alice, qui replie des nappes et vide des cendriers, fait semblant de ne pas remarquer que l'homme de sa vie achève les culots de vodka, de champagne, alterne avec méthode tout ce qui se boit. C'était bien, hein, Taillandier ? Je t'ai rarement vu aussi heureux.

XIV

Elle est partie, racontait-elle, je crois qu'elle n'a pas supporté la vie d'une autre famille, ou quelque chose comme ça. Elle se sera sentie *exclue*.

Alice tapotait la couette autour de lui dans un geste machinal, comme s'il se fût agi de l'aplanir ou de la repasser. Il n'était pas loin de onze heures du matin, et cela faisait peut-être trente ans qu'il ne s'était pas levé à une heure pareille. Il avait la gueule de bois, et de se rappeler les mots « vodka », « champagne » – et surtout « Martini », « Château Margaux » – il lui venait l'envie de gerber. Comment s'est-elle cassée ?

Elle est partie en stop, Taillandier. Tu imaginais quoi ?

Rien d'autre. J'ai posé deux mille francs dans le tiroir de sa table de nuit. Est-ce qu'elle les a pris, au moins ?

Je sais, ça fait deux semaines que tu les as mis. Ils y sont encore...

Mince, elle est partie sans provisions ? demanda-t-il.

Zut, Taillandier, zut ! Il y a cette gosse qui vient me voir au petit déjeuner, elle a son blouson sur le dos, elle pose son sac près de la table, il est ficelé, le sac, elle dit : Merci vraiment, Alice, j'ai vécu des moments de bonheur avec vous comme vous ne pouvez pas imaginer en vivre un seul ; j'ai été aimée, ici, comme il y a peu de chances que je le sois de nouveau un jour. Je n'aurais pas le droit, dans une autre vie, de faire votre connaissance. Embrassez Taillandier pour moi, je ne sais pas embrasser, je n'ai jamais su, et c'est un type super. Mais il *faut* que je rejoigne ma mère.

Tu comprends, disait Alice, en quinze secondes, elle avait déjà le sac à l'épaule. Ses cheveux dans les yeux, sa mine résolue... Juste le temps de lui préparer un chocolat chaud...

Qu'est-ce que ça te fait ? demanda-t-il. Je veux dire : Tu te sens fautive sur ce coup-là ? Tu as le sentiment d'avoir raté quelque chose ?

Ce sont des passereaux, soupira Alice. On est coupables, et on n'est pas coupables. Ils se posent ici pendant la migration. Ils reprennent des forces puis ils repartent. Quel autre pouvoir avons-nous que de leur bâtir un nichoir, leur donner à manger ?

Ça ne t'embête pas plus que ça ? demanda

Taillandier qui s'était redressé sur un coude, dans le mitan du lit.

Ça fait un bout de temps qu'on se connaît, dit-elle, toi et moi... La différence entre nous réside dans le fait que je sache, moi, qu'en ce moment même, tu es en train de croiser les doigts mentalement et de prier on ne sait qui à l'intérieur, surtout qu'il ne lui arrive rien, surtout que sa mère finisse par accepter qu'elle a une fille, surtout qu'au moindre problème elle revienne ici, mais c'est si peu probable qu'à la pensée de Daniella lâchée dans le monde comme une faïence sur le plateau d'un serveur maladroit, il te vient une douleur au ventre, te voilà noué à l'estomac, tu me demandes : ça ne t'embête pas plus que ça ? Pas plus que toi, Taillandier, pas plus que toi, j'ai sans doute davantage l'habitude des migrateurs, il n'empêche que maintenant, je vais aux toilettes, parce que je détesterais que tu me voies pleurer.

*

Il attendit qu'Alice quittât la maison, en début d'après-midi, pour s'habiller. Il fourra dans une musette un pull, sa brosse à dents, ses lunettes pour lire, le portefeuille qui contenait ses papiers et ses cartes de crédit. Il prit aussi une veste d'hiver. C'était idiot, mais il imaginait qu'il ferait peut-être froid, dans l'Ardenne.

Puis il se rendit à l'atelier, vérifia que le fusil dormait bien à l'intérieur de l'étui de pêche, glissa une poignée de munitions dans la poche extérieure – toutes choses également idiotes : le poids l'avait renseigné sur la présence de l'arme, et deux cartouches suffisaient. Il avait le sentiment, cependant, qu'il ne fallait rien négliger. De la même façon, après avoir refermé le bâtiment, il en jeta les clefs au milieu de l'allée de gravier. Ce n'était pas avec l'esprit de qui balance des coupes par-dessus son épaule : il n'y avait qu'un seul jeu dans la maison, il s'agissait qu'Alice le retrouve.

Il pensa encore à elle en patientant sur un des fauteuils de l'agence de location. Il aurait pu opter pour une luxueuse berline, il préféra une Twingo. Quand récupérerait-on la voiture, en bordure de route ? Et ne tâcherait-on pas de faire supporter à Alice le montant de la course ?

C'était un modèle d'un vert voyant. Tant mieux, se dit Taillandier en flanquant la veste et le flingue dans le coffre. Il se souvint d'un détail au moment d'y mettre la musette, et, ouvrant celle-ci, il s'aperçut qu'il avait effectivement emporté le cadeau de Daniella. Il bourra sa pipe avant de démarrer, la fit rougeoyer avec l'allume-cigares. C'était bon, de fumer. Il songea à tout ce qu'il n'avait jamais fait et ne ferait plus jamais. Curieusement, cela lui procurait une sorte d'allégresse. Il sortit du bourg à l'allure d'un fermier conduisant son tracteur – ce que ça pouvait énerver Alice, les rares fois qu'il avait pris le volant ! Mais il ne pouvait se résoudre à mourir en voiture. Ah ! l'amas de tôles dans un virage, sans compter qu'on pouvait blesser quelqu'un... Très peu pour lui. La pipe s'était éteinte, tant pis. La tenant serrée entre ses dents, il chantonnait sur l'air de *Mon âne, mon âne*,

putain, ce que je n'ai pas fait,
le monde le refait.

XV

Il avait décidé de prendre les nationales, les départementales. Digne, Gap, puis on filerait au nord en passant par Grenoble, un chemin d'écolier, mais il avait bien le temps. Il la reconnut peu après le barrage de Serre-Ponçon, qui traverse la Durance.

Ou plutôt : il reconnut son sac à dos qui allait dans le même sens que lui, cependant le long de la voie opposée. Elle ne faisait pas de stop : elle marchait. Il fut tellement stupéfait de la revoir qu'il mit un temps avant de penser à s'arrêter.

Elle ne regarda même pas la voiture quand celle-ci s'immobilisa dangereusement, dans un crissement de freins, sur l'autre bas-côté. Il fallut qu'il en sorte pour crier Daniella, Daniella. Qui aurait cru que Taillandier avait une Twingo verte ?

La route les séparait. Elle eut un sourire en

le reconnaissant, une bouffée de joie pure, vite ravalée par une expression, dans le visage, qu'il ne lui avait jamais vue, anormalement dure. Elle attendit qu'il n'y eût plus de circulation pour traverser.

Qu'est-ce qui s'est passé, Daniella ? Déjà, il fourrait son bagage dans le coffre, entre le fusil et la musette, ouvrait la portière du passager.

Elle ne répondit pas jusqu'à ce qu'il eût démarré, repris la voie de droite avec prudence. Après quoi elle s'effondra contre la boîte à gants, la martelant du plat de la main, le salaud, le salaud.

Qu'est-ce qui s'est passé ? Bon sang, Daniella, dites-moi ce qui s'est passé.

Vous ne devinez pas ? Elle reniflait à grand bruit entre les larmes, maintenant très droite sur son siège, et bouclant sa ceinture. Vous n'auriez pas un Kleenex ?

Il n'en avait pas. Elle se moucha dans le pan relevé de son pull.

Est-ce qu'il vous a... Je veux dire... Il conduisait à trente kilomètres heure à présent, sentant la fureur monter en lui, pas la colère, la fureur, celle qui emporte tout, et qui ferait qu'on irait au bout du monde pour retrouver ce conducteur-là, et l'on a bien fait d'emporter plein de cartouches, finalement. Daniella, restons calmes, est-ce que vous avez pu noter le numéro de sa plaque minéralogique ? Où allait-il ?

Qu'est-ce que c'était comme voiture ? À quoi ressemblait-il ?

Elle eut un rire bref, presque espiègle, une espèce de soulagement, en finissant d'essuyer ses yeux avec le vêtement. Il ne m'a pas touchée, vous savez. Il n'a pas pu, parce que j'avais *ça*.

Elle se contorsionna un peu pour sortir de la poche avant de son pantalon un rasoir dont elle déplia la lame. Elle souriait, à présent. Taillandier passa la quatrième comme on fait un bond joyeux. Formidable, dit-il, formidable. N'empêche que si nous croisons ce type, faites-moi signe.

Et puis, bien entendu, je vous ramène chez vous.

*

Elle allait du côté de Coutances. Au soir tombant, ils n'étaient que près de Chalon-sur-Saône. On voyait des vignes à flanc de coteaux, des villages qui sentaient encore le Sud, avec leur église en pierre blanche, leurs platanes comme d'autres monuments, et des abbayes isolées mais qui semblaient prospères. Il lui demanda : ça vous ennuie, si on prend un hôtel ? Je n'aime pas conduire, *a fortiori* la nuit. Elle n'avait rien contre.

Ils avaient peu parlé durant le voyage. À un

moment, elle s'était inquiétée de savoir si cela l'ennuyait qu'elle fume. Il avait sorti sa bouffarde. Chouette cadeau que vous m'avez fait là. Et si vous avez du feu, ce sera parfait. L'allume-cigares, ce n'est pas l'idéal.

Ils s'arrêtèrent dans l'un de ces endroits qui coûtent moins de deux cents francs la nuit, généralement placés près de rocades, évitant au voyageur de se perdre dans le centre-ville, lui permettant en revanche de reprendre la route au plus tôt. C'est crépi de frais, branlant et sonore. Un restaurant, au rez-de-chaussée, tâche de donner un peu d'allure au lieu. Il prit le 217. Elle eut la 219, contiguë, une porte permet de passer de l'une à l'autre des chambres, précisa le réceptionniste avec un sourire canaille qui fit songer de nouveau à Taillandier qu'il avait un fusil. Il régla par avance les chambres et les petits déjeuners. Quand il sortit calmement des billets, écoute-moi bien, dit-il, le monde n'est pas ce tas de merde auquel tu penses, le monde est en butte, continuellement, à des moisis de ton espèce. Tu peux comprendre ça ?

Il avait parlé sur le ton de la confidence, penché au-dessus du guichet, pas assez bas, cependant, pour que Daniella ne l'entende point. Elle en resta plus interloquée que l'employé.

*

Qu'est-ce que vous lui avez mis, dites donc !

À l'exception d'un client à l'autre bout de la salle – sans doute un représentant de commerce, cela se voyait à sa façon de manger, rapide et sans entrain, de regretter une maison –, ils étaient seuls dans le restaurant. À rebours, Daniella mastiquait avec volupté l'entrecôte qu'il lui avait commandée.

Vous n'avez rien pris à midi, n'est-ce pas ? J'avais laissé deux mille balles exprès pour vous dans le tiroir de la table de nuit.

Je ne savais pas que vous étiez capable de parler comme ça, disait-elle. Bon Dieu, la tête qu'il a fait !

Elle secouait ses mèches entre deux bouchées et souriait pour elle-même, ainsi qu'on le fait quand on s'en remémore une bien bonne. Il avait peu touché à sa propre assiette, il lui semblait se nourrir par Daniella interposée. Au dessert, quand elle accepta de prendre une seconde mousse au chocolat, il se frotta les mains.

*

Il était en train de fumer la pipe au lit et de regarder des programmes idiots quand elle frappa à la porte. Je ne peux pas dormir, ça vous ennuie si je regarde la télé avec vous ? Il n'avait pas emporté de pyjama. Il se dépêcha de tirer le drap et la couverture sur lui. Elle portait, elle, une chemise de nuit en coton épais d'où dépassaient ses pieds émouvants.

Ils ont le câble, disait-elle en s'asseyant d'autorité au bout du lit et en s'emparant de la télécommande. Elle fit le tour de plusieurs chaînes avant de se fixer sur une qui diffusait des clips. Taillandier allait s'endormir lorsqu'elle demanda : Vous croyez que ma mère voudra bien me revoir ?

Ce n'était pas une vraie question, c'était une de ces questions qu'on pose pour être rassurée, aussi Taillandier la rassura. Ta mère, à l'instant même, est en train de se faire un mouron de tous les diables. Ta mère se dit que sa fille est sur les routes par *sa* faute. Ta mère se dit, j'ai fait une énorme bêtise, pourvu qu'elle revienne et me pardonne.

Ma mère n'est pas comme ça, dit Daniella, d'un ton si sec qu'il se sentit un instant coupable, ou plus jeune qu'elle. Que savait-il de ce qu'avait vécu la gamine ? Et de quel droit pouvait-il se prévaloir de la vie en général, lui qui n'avait connu qu'une enfance extraordinaire, une femme amoureuse, la tour d'ivoire d'une peinture qui avait du succès, la possibilité de s'achever maintenant à son gré ? Tu es trop près de l'écran, finit-il par dire, tu vas te faire mal aux yeux.

Je suis myope, dit-elle. Personne ne l'a jamais remarqué.

XVI

Après Vire, elle commença de s'animer. Elle montrait des villages, des haies chargées d'aubépine. Regardez, Taillandier, vous savez comment *ils* font ? Quand *ils* les élaguent, *ils* remettent les branchages au milieu. Parfois, certains s'enfoncent en terre. Cela fait des boutures. Et rend le *clos* plus dru.

Elle ne se gênait plus, pour se ronger les ongles. Elle s'était rencognée contre la portière au point qu'il avait dû, passant un bras pardessus elle, fermer le verrou de l'intérieur, craignant que la serrure s'ouvrît. À Villedieu-les-Poêles, elle se redressa. C'est là qu'habite mon grand-père, le père de ma mère. Le café, juste ici. Elle désignait une enseigne plantée au-dessus d'un bistrot qui, ne serait-ce que de l'extérieur, tenait autant du repaire que du traquenard.

Tu veux que je m'arrête ? demanda-t-il en ralentissant.

Surtout pas, répondit-elle.

Elle tâchait de se rappeler à voix haute tous les endroits où elle avait vécu, il y en avait une quinzaine. Rien qu'en Normandie, précisait-elle, je ne sais pas pourquoi, on n'a jamais quitté la Normandie. Ah si, une fois, on a été à Calais. *Elle* a suivi un type, mettons, stable. Il s'appelait Guillaume, je l'aimais beaucoup. Un peu votre genre, ajouta-t-elle sans malice, je veux dire, il était calme, il était net. Il avait une façon de vous regarder... Vous vous sentiez en sûreté. Évidemment, ça ne pouvait pas durer.

Pour les copines, vous pensez si c'était facile ! À peine je m'en *faisais* une, on déménageait. Sauf avec Valérie. C'est vraiment quelqu'un de bien, Valérie. Je ferais mieux de la joindre. Elle doit se faire un sang d'encre. Et puis bien sûr, il y a Alice maintenant.

Taillandier la regarda en coin. Est-ce que c'était une allusion ? Daniella n'avait posé aucune question depuis qu'ils s'étaient retrouvés, et ne semblait pas davantage étonnée qu'il circulât sur les routes à bord d'une voiture qu'elle ne lui avait jamais vue, capable de traverser la France d'est en ouest pour la ramener à bon port...

Mais non, elle fixait on ne savait quoi à travers le pare-brise, et, si peu bavarde d'habitude, ne cessait plus de parler. Il ne restait plus d'ongles à ronger, elle s'en prenait à la peau du pouce. On arrivait à Coutances.

XVII

Coutances, quand il y a du soleil – mais il présumait que par temps de pluie aussi –, est une belle ville. Une grand-rue, telle une épine dorsale en creux, escalade puis descend une colline, au milieu de magasins à l'ancienne, de pâtisseries où des serveuses portent encore des tabliers ; il y a des parcs et des placettes où déambulent toujours *en bourgeois* des couples qui se saluent. Cela sent l'instituteur archiviste, la discrétion sans la feinte – juste cette crainte de gêner l'autre –, et les dimanches midi quand il y a du rôti. Il demanda, bon, maintenant, où je vais ? Elle habitait cette barre de HLM, tout en bas, et qu'on voyait d'ici. Je vous en prie, Taillandier, je ne peux pas sur-le-champ, je ne suis pas – comment vous expliquer ça ? – prête... ?

Il se gara dans le centre et, en coupant le contact, eut une pensée pour le fusil qu'enfermait le coffre. Cela lui faisait l'effet d'une bombe à retardement, et qui ne regardait que lui. Il souriait intérieurement en la voyant sortir de la voiture, soucieuse comme on peut l'être à cet âge, c'est-à-dire pour elle seule.

Elle marchait les pouces coincés aux poches de son blouson trop grand, les épaules remontées, les yeux à terre. On aurait dit qu'elle avait froid, et sans doute avait-elle froid, malgré ce soleil de mai qui éclaboussait les murs. Il avait un peu de mal à la suivre, dix pas derrière. Il reconnaissait des bâtiments devant lesquels ils avaient déjà tourné : tel hôtel de ville dont le fronton tâche d'imposer l'idée de la République, telle cabine téléphonique avec un arbre à côté, et des bancs en pierre, autour, disposés dans ce qui aurait voulu être une agora. Daniella, dit-il, je suis fatigué. Je voudrais qu'on se pose.

Ils allèrent dans un salon de thé. Elle ne prit pas de gâteau, et but son chocolat chaud ainsi qu'on boit n'importe quoi, le regard fixé à travers la vitre sur le point imaginaire qu'elle visait, auparavant, à travers le pare-brise. Taillandier avait commandé un darjeeling, des muffins et de la confiture d'oranges. C'est le moment d'y aller, dit-elle en se levant brusquement.

Il se brûla en essayant d'avaler au moins un peu de sa tasse, fut impoli à l'instant de régler, feignant d'ignorer qu'il y avait deux clients avant lui. Daniella attendait sur le trottoir, les paupières fermées pile dans le soleil, les mains dans les poches du blouson... Elle a changé, se dit-il. À quoi ça tient ? À pas grand-chose. Une sûreté qui, à peine née, pousse très vite. Plus une enfant... Ça s'est opéré sans moi. J'étais là pour observer, point barre. Tu es au bord d'être une grande fille, maintenant. Fais attention dans ta vie. Il y en a qui vont essayer de laisser de sales traces.

On lui faisait remarquer – avec, donc, discrétion – qu'il était passé avant tout le monde. Eh bien, j'emmerde tout le monde, dit-il dans une sorte de courbette gracieuse.

Quand il sortit de la boutique : Vous venez ? demanda-t-elle avec impatience.

Voilà, voilà (tu as toute la vie devant toi, Daniella. Fais attention, je te le répète, mais si tu apprends à louvoyer entre les écueils, et si tu rencontres la passion en chemin, alors tes yeux brilleront comme des étoiles. Vois, les miens vont s'éteindre parce que je ne suis plus capable de peindre. On m'a accordé sept ans de délai. J'aurais dû comprendre plus tôt).

*

C'était ici, ç'aurait pu être n'importe où ailleurs, des blocs de cinq étages posés sur un peu de terre qui continuait obstinément de faire de l'herbe devant. Malgré les interdictions, du linge séchait sur des balcons. Posée contre un arbre étriqué – et qui ne grandirait jamais – la carcasse d'un vélomoteur n'en finissait pas de rouiller. Il arrêta la voiture devant le bâtiment C. Le temps qu'il serre le frein à main, deux personnes étaient passées, dont il avait croisé le regard furieux. Il n'arrivait pas à démêler ce qui, d'une plaque étrangère à la région, d'une voiture presque neuve, ou d'occuper une place sur *leur* parking, l'emportait dans leur esprit.

La furie, sans doute.

Il se massait la nuque à deux mains, les coudes pointés en direction des entrées sans portes de l'immeuble, bon, Daniella, je crois qu'on va vraiment se dire adieu, maintenant, et bonne chance, et même se faire la bise.

Taillandier, est-ce que vous... Enfin... Est-ce que je peux vous demander encore quelque chose ?

Elle était penchée vers lui, et ne se rendait peut-être pas compte de l'expression de son attente, ces yeux écarquillés dans lesquels, oui, il ne manquait plus que la passion s'y mette pour les rendre magnifiques. Le fils Dumiez, des Établissements Dumiez, avait été décidément trop jeune, ou trop léger : ça valait le coup de renoncer à la Norvège, et à toute autre entreprise.

Ma mère peut très bien me claquer la porte au nez. Vous me laisseriez près d'un carrefour important, celui qui mène à Caen, par exemple, ce n'est pas loin. Au mieux, je redescends dans cinq minutes vous dire au revoir, reprendre mon sac, d'accord ?

Ça va, tu as moins peur ?

Non, Taillandier, je suis toute froide à l'intérieur, je suis glacée, vous ne pouvez pas savoir.

Il tendit à nouveau le bras au-dessus d'elle, pour lui ouvrir, cette fois, la portière. Je suis là, dit-il. *Je suis là*.

*

Comment avait-elle fait pour être Daniella au milieu de *ça* ? Il avait replié ses bras sur le volant, y avait appuyé le menton, pour tenter d'apercevoir des toits, là-haut, plats comme ceux des terrasses nord-africaines, on devrait pouvoir mettre des coussins là-dessus, organiser des fêtes, et faire griller des viandes, mais il n'y a que du gravier. Et la cheminée de la chaufferie.

Il consulta sa montre, sept minutes étaient passées. Bon signe, pensa-t-il, l'*autre* est peut-être en train de commencer à réfléchir. Elles ont enfin une explication, et ça tourne à l'avantage de Daniella. On toquait à la vitre de la voiture, un groupe de jeunes, vous n'auriez pas une cigarette, m'sieur ? Elle avait oublié les siennes sur le tableau de bord. Bien sûr, dit-il en sortant pour les offrir. Il s'étira, s'en alluma une, expira la fumée avec volupté. C'était encore meilleur que la pipe. Il aurait eu tort de suivre certains conseils, maintenant.

Dix minutes. Les gamins, après avoir écarté de vieilles crottes de chien et creusé des trous sommaires dans le sol, jouaient à ce qu'il reconnut être une forme d'awélé, non loin de la voiture. Des billes leur tenaient lieu de semailles. Il les rejoignit. Vous voudriez jouer, m'sieur ?

C'est que je ne sais pas.

Allez, venez, Njoya va vous expliquer. Il explique bien, Njoya.

Quinze minutes. Dans le même temps qu'il la vit, du coin de l'œil, sortir de l'immeuble, il remarqua que l'un des gosses l'avait également reconnue, et se détournait de manière ostensible. Il continua, assis à croupetons, d'écouter la règle du jeu, jusqu'à ce qu'elle atteigne la voiture, claque la portière sur elle dans un geste sec, et reste là, très droite, à la place du passager, le regard fixe. La voix de Njoya faiblissait. Enfin il finit par dire, ce n'est pas bien, m'sieur. Déjà la mère... On y croyait, à Daniella.

*

Je ne peux pas parler, excusez-moi. Effectivement, sa voix sortait avec difficulté, rauque, cassée. Lui roulait au hasard, regardant défiler des bourgs aux noms en – ville, Hyenville, Hérenguerville, Quetreville. Lorsqu'il aperçut une de ces aires aménagées avec du gravillon, sur le côté de la route, et qui permettent aux transporteurs de se reposer un peu, il stoppa doucement. Coupa le contact. Attendit.

Restaient encore quelques cigarettes dans le paquet de Daniella. Il en alluma une tout en baissant la fenêtre et en songeant qu'il faudrait en acheter une provision. Et puis du scotch, il ne savait pas pourquoi, il n'aimait pas particulièrement cela, il en buvait rarement, mais il en avait envie, là, maintenant, tout de suite, du scotch à même le goulot. On n'entendait que les voitures qui passaient. Il s'effrayait à la pensée du bruit et de la vitesse de certaines.

Elle ne m'a même pas ouvert, dit-elle. Elle hurlait à travers la porte, et je criais aussi, elle disait qu'il fallait que je me barre définitivement, je disais *reprends-moi*, qu'est-ce que j'ai fait ?

Oh, mon Dieu, qu'est-ce que j'ai fait ?

Et j'étais comme une conne, à genoux sur le palier, à brailler que je l'aimais... Je suis malade. Je vais être malade.

Taillandier eut du réflexe. Il jaillit de la voiture quand elle en sortait, et parvint à temps pour lui tenir le front pendant qu'elle vomissait. Quand elle eut fini, il lui essuya la bouche, les yeux, avec sa propre manche, tenant l'extrémité serrée dans son poing. Elle chialait, maintenant, sans pouvoir s'arrêter, courbée en deux, les bras serrés autour du ventre, et de la voir ainsi, tout en étant saisi, lui-même, d'une tristesse infinie – son petit visage meurtri de souffrance, et lui ne sachant que dire, sinon répéter bêtement, calme, Daniella, calme, tout va bien – il lui venait du fond des tripes une immense violence, une de ces colères de juste qui emportent tout, capables de raser des villes et d'étrangler le plus fort. Il levait au ciel ses yeux également humides et tentait de s'apaiser. Les salauds. Les salauds.

*

Il trouva ce qu'il voulait à Bréhal, du pur malt, une cartouche de cigarettes. Elle avait préféré rester dans la voiture, allongée sur la banquette arrière.

Le magasin d'où il sortit donnait sur une place, des bancs. Il s'assit sur l'un d'eux, déboucha la bouteille, et, indifférent à la réprobation des passants, but à longues goulées. C'était sans doute interdit, c'était tout à fait délicieux. Il attendit dans son corps l'arythmie caractéristique, mais rien n'advint. Peu auparavant, sur le parking, sous l'effet de la peine et de la colère, il avait craint une chose semblable, et y avait pareillement échappé.

Un petit vent se levait, rappelant dans ses effluves qu'on n'était pas loin de la Manche. C'est cela qu'il lui faudrait, se dit-il. Des rochers, des galets, des vagues.

En fin d'après-midi, ils étaient à Granville.

*

L'hôtel qu'ils prirent, non loin du casino, ne ressemblait en rien à celui de la veille. C'était une de ces pensions de famille au luxe discret, où l'homme prépare des petits déjeuners tandis que sa femme les sert. Ils eurent une nouvelle fois des chambres qu'une porte séparait, sans plus aucune allusion, cependant – tout au contraire reçus avec les mots chaleureux de ceux qui ont fait une profession du goût d'inviter, et ne se lassent pas, comme s'il s'agissait d'une seconde nature, ou d'une tradition d'hospitalité profondément plantée, d'offrir le gîte et le couvert. Aucune servilité là-dedans : il fallait bien qu'ils vivent, mais l'homme et la femme parvenaient à donner le sentiment que ce n'est pas sans une certaine élévation d'esprit que l'*accueil* existe.

À l'étage, le bleu dominait, un bleu de chalutier qui allait des rideaux à l'abat-jour de la lampe, sur la table de nuit. Tout cela paraissait neuf et dégageait l'inexprimable sentiment qui dit que le patron a mis lui-même la main à la pâte – a peut-être réalisé seul la décoration. Taillandier eut un sourire en l'imaginant, ayant fermé l'hôtel, l'hiver précédent, en train de siffler dans sa cotte, heureux de refaire le papier peint.

Il aurait aimé qu'elle vînt en ville avec lui, ça lui aurait aéré les idées. Il appela *mezzo voce* à travers la cloison, gratta à la porte, et n'obtenant aucune réponse, l'ouvrit. Elle dormait littéralement à poings fermés, ceux-ci ramenés devant la figure, ainsi qu'on se protège en boxe, couchée en chien de fusil, tout habillée. Elle n'avait défait ni les draps ni son sac. Il s'assit au bord du lit pour la regarder dans son sommeil, en prenant garde de ne pas la réveiller. Oui, curieux comme elle avait changé, en presque deux mois. Une espèce de détermination était apparue en elle, dans le même temps qu'elle était plus facilement blessée. Ce n'est plus une enfant, se dit-il. Il songea au fils Dumiez. Cela était-il dû au fait qu'il l'ait... Il chassa cette pensée avec énervement. Mince, Taillandier, tu es trop con. Les jeunes filles ne changent pas à cause de l'amour. Les jeunes filles muent, ce n'est pas l'affaire de deux mois, quelques jours suffisent, tu étais là pour voir ça, voilà tout.

*

Il alla au fort, d'où l'on peut contempler les îles Chausey. Encore faut-il qu'il y ait temps clair, et c'était le cas. Le soleil se couchait ainsi que dans une *cartolina*, le vent fraîchissait. La mer s'écrasait en contrebas. Sur le chemin de ronde, autour de la pointe, quelques touristes enfilaient le pull qu'ils gardaient jusque-là enroulé autour de leurs épaules.

Il descendit en acheter dans le centre-ville, avant que les magasins ferment. Deux pour lui, qui avaient vaguement la forme de tricots de marine. Deux pour elle, avec lesquels Daniella aurait pu embarquer sans déchoir à bord d'un voilier. Bien sûr, c'était un peu voyant, et presque ridicule, mais il y avait une sorte de jeu là-dedans : la mer, il en était persuadé, et les rappels de la mer, parviendraient à l'apaiser. Il s'offrit également un jean, des chaussettes, des chaussures de bateau – il s'abstint d'en prendre pour elle, il ignorait sa pointure, et les aurait-elle mises ? Pour ce qu'il pouvait en juger, elle portait en permanence ce qu'on appelle aujourd'hui des Doc Martens, d'épais et gros godillots.

Dans la même boutique, il fit également l'acquisition d'un sac de marine, et y fourra le tout. Un sac de marine... Il haussa les épaules en pensant à sa musette. Le voyage sera plus long que prévu. Dis, Taillandier, n'es-tu pas en train de reculer l'échéance ? Dis, aurais-tu peur de mourir ?

L'employé, derrière la caisse du shipchandler, après s'être frotté les mains intérieurement, regardait maintenant avec inquiétude ce client qui, au moment de payer, semblait avoir une absence. Non, Taillandier, non, tu sais au fond de toi-même que cela, c'est *déjà* réglé, vite fait, bien fait. Tu joues uniquement les prolongations pour la petite – c'est vrai ? C'est vrai.

Au moment de régler enfin, et tendant sa Carte bleue, composant son code, il se souvint d'Alice. Elle avait dû appeler, à cette heure – il regarda sa montre – les hôpitaux, la police, Jeanne, Hugo. Si elle n'était pas en mesure de lui barrer l'accès à son propre compte en banque, elle pouvait très bien être renseignée sur ses déplacements. Madame, nous savons qu'il a tiré telle somme à Granville, Manche. Il se donna cinq jours pour décamper.

Elle dormait toujours quand il revint à l'hôtel. Il déposa sans faire de bruit ses achats, et redescendit dans le petit salon où l'on regardait la télévision. Pas de problème, on pouvait lui offrir une assiette de charcuterie, une autre de fromage, un large coup de rouge. Il dîna en assistant à un match de foot en compagnie, donc, du patron. Il n'avait jamais vu un match de foot. Beau jeu, hein ? demandait le patron. Tu parles si c'est bien, répondait-il. Puis, ayant terminé son repas : ça vous dérange si je fume ?

XVIII

Elle avait eu le sourire spécial, en acceptant les pulls, qui dit, bon sang ! ce que c'est ringard, et puis elle en avait enfilé un, sous son blouson, pour l'accompagner dans la ville haute. Il y avait repéré un restaurant. Il n'était pas midi. Elle déjeuna comme quatre.

Elle était préoccupée, disait-elle, par l'état de ses autres vêtements, un peu sales. Cela lui tira, à lui aussi, un sourire. Elle ne posait aucune question sur Alice, ou le fait qu'ils fussent si loin de la grande maison, sans jamais avoir téléphoné. Elle n'était inquiète que pour ses affaires. Pour ce pauvre havresac, dans la chambre, là-bas.

On les donnera à la réception, dit-il. Sinon, dans un pressing.

Les pressings ne prennent pas les culottes, elle le regardait par en dessous en déchiquetant son pâté de poisson, elle buvait du vin blanc, comme lui, qui avait eu un mouvement de refus lorsqu'elle avait dit « la même chose », puis s'était ressaisi.

Mais si, Daniella, on peut tout faire laver, pour peu qu'on s'entende sur le prix.

Vous ne me dites pas que je pourrais les laver moi-même, et les mettre à sécher ?

Non, tu les prends, et le connard qui refuse de te les repasser, on lui fera un scandale *maousse*.

J'aime bien quand vous parlez comme ça, dit-elle.

Par les fenêtres, on voyait la vague contre le rocher. Des nuages arrivaient en masse, bouchant l'horizon.

*

S'il n'ignorait pas que Daniella marchait volontiers, il découvrit dans l'après-midi que c'était pour elle un véritable plaisir. Ils étaient allés faire une promenade sur la plage, elle l'avait transformée en randonnée, et, même s'il peinait à la suivre, il fut heureux de cela. De temps en temps, elle faisait mine de s'intéresser à un banc d'algues échouées, à un caillou, afin qu'il la rejoigne. Elle ramassait des valves de coquillages qu'elle fourrait dans les poches de son blouson, ça nous servira de cendriers.

À un moment, il ne put se retenir de lui dire, je vois bien que tu m'attends.

Elle continua de fixer un pétrolier qui languissait sur l'horizon de la marée basse, eh bien oui, Taillandier, vous lambinez, normal, c'est votre cœur.

Qu'est-ce qui te permet de croire... ? Elle persistait à ne pas le regarder en face.

Alice m'a raconté. L'opération. Tout.

Ses cheveux voletaient dans le vent et, par intermittence, venaient lui barrer le visage. Elle avait alors un mouvement à la fois brusque et gracieux pour s'en débarrasser. Il songea que coupés un peu plus court, avec une frange, ce serait *parfait*. De la même manière, fermant à demi un œil, il l'imagina en cachemire noir, pardessus beige, écharpe en poil de chameau... Ma parole, Taillandier, tu recommences de peindre ?

Il demanda : tu vas mieux, n'est-ce pas ?

Oui, Taillandier, je vais mieux. Je ne sais pas si ça durera, mais c'est là : je vais mieux.

Les premières gouttes de pluie tombèrent lorsqu'ils eurent regagné la ville basse. Ils firent l'acquisition d'un échiquier dont le plateau était en cuir patiné, et les pièces, taillées dans un bois fort simple. Le soir, il lui montra des modèles de la partie du centre, de la partie viennoise, de la partie française. Après quoi ils jouèrent. Elle le battit.

XIX

Un ordre secret s'était installé entre eux sans qu'il y eût besoin, de part et d'autre, d'explications, de remerciements, d'excuses. Ils ne se *donnaient pas le mot* et se retrouvaient pourtant à la même heure au petit déjeuner, servi dans le salon en bas ; sur le palier, s'il s'agissait d'aller en ville ou à la plage.

Il avait ses manies : vers midi, une brassée de journaux, ses demi-lunes sur le nez, et la terrasse d'un bar. En cas de mauvais temps, à l'intérieur. Elle avait ses fugues, généralement l'après-midi. Il lui tendait de l'argent par-dessus son dos et lui prêtait sa montre. Ils convenaient d'une heure qu'elle respectait toujours à dix minutes près.

Ils avaient pris leurs aises. On savait qu'il prenait du thé, le matin, et elle, du café. Le cinquième jour, alors que le patron leur apportait des toasts, nous partons aujourd'hui, lui dit-il. Nous allons vous regretter, fit l'autre.

Elle ne posa aucune question, et seul le geste de beurrer avec un peu plus d'application et de lenteur sa tartine trahissait son trouble, ou son attente. Lui caressait du doigt le pourtour d'une carte de France imaginaire, passant le long des Côtes-d'Armor, du Finistère, du Morbihan. Jusqu'où iraient-ils ? Jusqu'à ce qu'elle aille mieux, jusqu'à ce que je sois *sûr* qu'elle va mieux. On se la fait « Jacques a dit » ? finit-il par demander. Jacques a dit : descendre en tâchant de ne pas perdre la mer de vue. Tu connais la Bretagne ?

Non.

Pays splendide, magnifique, pays à part, pays dans le pays... Habitants extraordinaires. C'est là que je voulais habiter, mais Alice préférait... Il s'arrêta à temps. Elle le regardait droit dans les yeux, les deux mains posées bien à plat sur la table et son regard, devenu dur, disait clairement, va pour la Bretagne, Taillandier, comme pour toute autre destination, mais n'évoquez pas Alice, Jacques a dit : ne rompez pas par des mots inconsidérés ce fragile équilibre qui nous lie, ce *no man's land* où nous sommes et qui nous plaît, j'ignore tout de vos intentions et je ne tiens pas à les apprendre, vous n'avez pas téléphoné chez vous une seule fois depuis que nous nous sommes retrouvés, mais la seule chose que je sais avec la fermeté, oui, d'une femme, c'est que ce moment que nous sommes en train de vivre hors du temps, vous et moi, est protégé ainsi qu'une bulle. Un rien peut la crever. Vous ai-je parlé de votre femme, de Hugo ou de Jeanne ? Croyez-vous *vraiment* que ce soit par insouciance que je n'ai jamais fait allusion à la maison sur le plateau, à cette voiture que je ne vous connaissais pas, et apparue comme par enchantement ?

Dans le même temps qu'il rougissait légèrement, il s'étonnait d'être encore capable de ça, à son âge. Excuse-moi, dit-il.

Puis il éclata de rire. Tu te rends compte de notre discussion ? C'est absolument insensé.

Chut ! fit-elle en replongeant dans son petit déjeuner. Ce n'est pas insensé, et vous vous apprêtez à recommencer.

*

À Saint-Malo, il parvint à la persuader de prendre un rendez-vous chez l'ophtalmo, et chez un opticien. Elle ne voulait pas porter de bésicles, aussi optèrent-ils pour des lentilles de contact jetables, dont elle se fit expliquer le fonctionnement. Elle n'avait rien, en revanche, contre les lunettes de soleil. Il en prit deux paires du modèle qu'elle aimait, dont l'une qu'il fit monter à sa vue. Cela lui servirait, disait-il, en cas d'oubli ou de perte des lentilles.

On les perd dans l'eau, c'est bien connu, et bien qu'on ne fût pas encore en juin, celle-ci était *bonne*. Ils firent également l'acquisition de serviettes de plage, d'un maillot de bain pour elle, très simple, noir, d'une seule pièce. Elle l'avait choisi avec une sûreté et une immédiateté étonnantes.

La première fois qu'ils allèrent sur la plage, sous le rempart, quand elle eut quitté ses grosses chaussures, son blouson informe, et qu'elle apparut en nageuse, il fut frappé par sa transformation. Lui ne se baignait pas, ne se baignait jamais, se contentant d'enfouir ses pieds nus dans le sable, en dessous de jambes de pantalon relevées, la presse, toutes tendances confondues, à poste sur la serviette étalée. Il la regarda gagner la mer. Ce n'était pas qu'elle fût gracieuse, ou élancée. Tout au contraire, il y avait quelque chose de massif en elle, de minéral, et que venait accentuer encore ce maillot de bain format olympique. Il y avait de la beauté là-dedans, une sorte de vague mystère qui lui fit prendre, sans presque s'en rendre compte, un stylo dans la poche de sa chemise, tracer, dans les marges d'un quotidien, comme on fraude et à grands traits rapides, des lignes de cuisses, un étranglement de hanches qui n'étaient pourtant pas dus aux canons habituels, des épaules qui auraient pu être celles d'un homme, mais où un arrondi les rendait plus à la femme que celles de bien d'autres femmes, la chaînette en faux or, par ailleurs, ceignant un cou-de-pied à l'antique.

Il fut heureux de ne pas s'être baqué. Il se serait rendu ridicule. Elle nageait à la perfection. Le crawl. Loin, au point qu'il s'inquiéta. Il y en allait de sa natation comme de sa marche : têtue, longue, obstinée non pas par goût de la parade, mais dans la lutte physique contre un obstacle qu'elle seule avait en tête.

Quand elle revint, tordant ses cheveux sur le rivage, et sautant à cloche-pied pour éliminer l'eau de ses oreilles, il se retint de la féliciter, ou de lui dire ce qu'il pensait. Il pensait que l'épouvante sur terre, bien plus réelle que l'enfer promis, tenait aussi à des mères et à des pères qui n'ont pas *vu* leur enfant. Daniella aurait mérité d'avoir été inscrite dans une piscine, dans un club d'échecs, tout ce qu'on veut, mais pas l'abonnement au palier, le temps que ça se fasse.

Elle s'allongea sur le ventre. Ce que c'est bon, disait-elle. Elle frottait son nez contre la grande serviette moelleuse et tiède. Vous savez quoi ? Je crois que je recommence d'être heureuse.

Il se détourna pour regarder la marée qui descendait, avec des paillettes d'or au-dessus des courtes vagues. Le ciel était de ce bleu profond qu'on imagine, cependant, n'appartenir qu'à la Méditerranée.

Elle tendait avec langueur sa main pour saisir une revue au hasard, il y a une raison pour que vous achetiez toujours autant de journaux ?

Je ne sais pas. Je crois que je veux essayer d'embrasser la totalité du monde. Quand j'ai le sentiment d'y parvenir, tout devient d'une extrême futilité. Ça ne se voit pas, mais alors je ris.

*

Comme pour le fusil, c'était en cachette d'elle qu'il s'était rendu chez un marchand spécialisé dans les beaux-arts. Il n'aurait su dire pourquoi. S'il s'était clairement posé la question de l'achat d'une arme, ce n'était pas sans mauvaise foi qu'il songeait vaguement à acquérir de quoi dessiner. Il entrait dans le magasin malouin, surtout en cachette de lui-même.

La vendeuse qui s'apprêtait à l'aider comprit vite qu'il était seul à pouvoir faire son choix. Il s'arrêtait longuement devant les papiers, les lissant du plat de la main pour en éprouver le grain. Il pensait à Daniella. Comment la décoder ? Et à l'aide de quels instruments ? La minute d'après, il se traitait de tous les noms, il ressortirait de la boutique sans rien acheter. Et puis non. Il suffisait d'éviter la couleur. Tu ne peux plus rivaliser avec la couleur, Taillandier. Mais le fusain, la sanguine... Ce ne seront jamais que des ébauches, n'est-ce pas ? Il se souvint de Rossini, qui ne composa plus passé la quarantaine, à l'exception de chansons à boire et de petites pièces scatologiques. Il se rappela également le mot qu'il avait eu envers une admiratrice qui, s'inclinant devant lui, demandait, comment dois-je vous appeler : *maestro* ? maître ? Alors Rossini, qui se trouvait à ce moment-là dans une loge louée à vie à l'Opéra de Paris, aurait dit, appelez-moi simplement « mon gros lapin ».

Taillandier y avait toujours vu le signe de la superbe. À présent, il lisait la trace de l'humilité la plus profonde. Il fit emballer ses achats comme s'il se fût agi d'un cadeau adressé à lui-même, et sortit en sifflant l'ouverture de *La Gazza ladra*.

XX

Ce fut entre Tréguier et Perros-Guirec qu'ils jouèrent à louer une maison en bordure de plage, deux semaines payées d'avance et en liquide, une aubaine, en cette saison, pour l'agence. Il récupérerait ensuite son chèque de caution. Sans s'être concertés, chacun sentait que l'autre en avait assez des restaurants, de l'hôtel, des savonnettes gratuites, et de la télévision.

Il n'y en avait pas, dans ce qui avait dû être une baraque de pêcheur ou un garage à bateaux, et que quelques aménagements avaient transformé en F3 rustique mais confortable, deux chambres, un coin cuisine derrière un bar, dans la pièce principale. Quant à la télé, nous y reviendrons, avait dit Taillandier, d'un ton mi-narquois, mi-interrogatif. Ils s'étaient pris de passion, tous deux, pour des programmes stupides. Il leur était arrivé de les regarder ensemble ; le plus souvent séparément. Il fallait cependant que ce fussent les mêmes afin de pouvoir en discuter le lendemain, affalés sur des serviettes, à Saint-Malo, donc, mais il y avait eu Erquy, et Binic.

Ils s'étaient tapés avec constance les émissions les plus ringardes. Curieusement, Daniella n'avait pas le goût qu'on prête à cet âge pour l'écran, il l'avait déjà constaté dans le Sud, où elle n'avait jamais allumé la télé. De là venait sans doute qu'elle partageait la même hébétude que lui, ce même blanc de la raison – analogue à celui de cet instant suspendu dans leur vie – en regardant par priorité des feuilletons soporifiques, les émissions de jeux où il s'agissait, surtout, de ne pas être intelligent, les téléfilms les plus franchement merdiques. Ils éprouvaient une sorte de jouissance à se rappeler mutuellement le sale tour qu'avait réservé tel inspecteur à tel personnage, ou à commenter l'attitude de tel présentateur. Les seules choses auxquelles Daniella semblait porter un peu de réel intérêt s'arrêtaient aux clips de M6. Ils décidèrent, d'un commun accord, de ne plus en regarder. Taillandier aurait peut-être été attentif à de grands débats, à des reportages : il avait fait une croix là-dessus depuis longtemps, rien n'équivalait la presse écrite, il avait le sentiment qu'en la matière la parole, l'image, à force de déflorer à la va-vite l'information, finissaient par en devenir obscènes, à la manière de ces types qui, parce qu'ils plaisent, se contentent d'accumuler les bonnes fortunes avec cynisme, sans s'attacher à aucune d'elles.

Un jour, il lui expliqua que c'était ça, le kitsch, c'était exactement ça, leur attitude envers la télévision. Il lui raconta comment en art on avait opéré un pareil glissement. Il craignait de l'ennuyer, mais devant son attitude qui l'encourageait à aller plus loin, cette soif d'apprendre, il lui parla du phénomène de l'outrance, qui se nichait partout, du style nouilles à Dalida, en passant par les couvertures des *Horror stories*, Clovis Trouille, et même, dans une certaine mesure, par la *Rolla* de Gervex, par Bouguereau. Et face à son attention qui n'était pas feinte, alors même qu'il savait qu'elle était incapable de relier l'art baroque au cinéma hollywoodien, mais l'écoutant de toutes ses oreilles, le regard tellement avide de comprendre, il serrait les poings, c'était trop de friche, comment avait-on pu négliger une terre pareille ? De quel droit ?

Ils avaient joué, donc, à prendre une petite maison, elle joua, d'entrée, à en devenir la petite maîtresse. Elle ne savait pas faire grand-chose, ni du ménage et ni de la cuisine. Cela n'avait pas d'importance, disait-elle, c'est le moment de débuter. Et vous ne vous faderez pas des hamburgers, Taillandier, vous me direz exactement ce que vous voulez manger.

Je connais quelques recettes qui...

Non, non, je sens que je vais adorer m'y mettre.

Elle avait fait le tour des chambres, fouillé les recoins et les placards, pris la mesure de la baraque, étudié ses possibilités, vu où étaient le nord, et le sud, découvert où étaient des transats, des chaises et une table en plastique pour pouvoir manger dehors, vérifié le contenu du vaisselier par rapport à la liste accrochée à l'intérieur d'une des portes – des verres manquent, Taillandier, et puis des couverts, il n'y a pas de tire-bouchon, ne vous faites pas avoir. Ah ! ne restez pas dans mes pieds avec ce sourire-là, allez plutôt prendre l'air sur la plage.

Celle-ci était en contrebas, une crique miraculée au milieu des rochers à l'heure du jusant, invisible à marée haute. Le sable était gros et très pur. C'était un coin de mer, et non un bout de côte apprêté. Il se cala les fesses dans le frais, et ne cessait pas de sourire en regardant les envols des *gueulants*. La mer montait, et quand elle s'engouffrait, dans des corridors secrets de pierre, à main droite et sous le vent, lui parvenait un parfum d'épices, d'algues et de goudron de Norvège, mêlé de pourriture.

Enfin, ce fut le moment d'aller faire les courses, elle avait emmené une liste de ces produits de première nécessité qui manquent dans les maisons de location. Au supermarché le plus proche, il glissa dans le Caddie, comme si ç'avait été pour son usage personnel, les trois quarts de ceux qu'elle avait oubliés. De la même manière, dans une Maison de la Presse, il trouva en plus de ses journaux un Ginette Mathiot, un recueil de contes et légendes de Bretagne, un roman contemporain qu'il avait déjà lu, mais dont il était sûr qu'il lui plairait. Il laisserait traîner tout cela en évidence sur la table, là-bas.

XXI

Il s'était d'une certaine façon, lui aussi, jeté à l'eau en l'accompagnant sur les rochers. S'il avait commencé de la dessiner en se planquant, assis en retrait d'elle, quelques mètres derrière, le fait qu'elle l'eût aperçu à plusieurs reprises et ne posât pas de questions l'encouragea à la reproduire ouvertement. La *reproduire*, car il était stupéfait d'être devenu tellement académique. Cela le ramenait au temps où il observait le travail de sa grand-mère et peignait dans le grenier. Il n'avait jamais suivi d'autres cours, pas plus qu'il n'avait mis les pieds aux Beaux-Arts, mais il imaginait que ce qu'on y faisait devait ressembler à ça, qu'il avait sous les yeux, de tellement scolaire. Rien de Taillandier là-dedans, mais des études minutieuses, appliquées : *D.1, D.2, D.3, D. prenant le soleil les yeux fermés, D. en maillot de bain,* assise et enserrant ses genoux dans ses bras, le Walkman sur les oreilles – la mer, devant, en deux traits. *D. dormant avec confiance,* les bras repliés sous une joue, malgré la dureté de la roche. *D. plongeant et D. nageant.*

Bientôt, ce fut *D. dans la kitchenette, D. lisant.* Il avait acheté du fixatif. Il envisageait que le moment venu, il lui offrirait le tout, sous forme de cahier relié, ou cousu, on verrait. Ce serait uniquement pour elle. Une sorte d'album-photos de cette VACANCE, cela lui ferait sans doute plaisir. Tout de même, se disait-il en hochant la tête et tenant ses croquis à bout de bras, ce n'était pas un chouette cadeau. Il souriait en repensant à Rossini. Quelle leçon d'humilité, effectivement !

Elle n'ignorait plus qu'elle posait, elle paraissait y prendre goût. Lorsqu'il sortait ses fusains, il pouvait sentir en elle un imperceptible raidissement, la correction d'un geste qu'elle s'apprêtait à faire, un arrêt du corps qui invitait non pas à être représenté par pure vanité, mais à laisser le peintre travailler en toute liberté. Il ne sut pas comment cela arriva. Toujours est-il qu'un beau matin, on était désormais en juin, elle venait de nager au moins un kilomètre et récupérait en soufflant, il lui dit, penche la tête à gauche. Elle obéit. Le mouvement n'était pas celui qu'il désirait. Alors, très doucement, prenant sa tête mouillée dans ses mains, ainsi que le font les coiffeurs pour dégager au-dessus de l'oreille, il le lui indiqua.

Dès lors, il ne se gêna plus d'indiquer des positions qu'elle accomplit d'abord de façon malhabile, puis de plus en plus adroite, comme si les directives de Taillandier lui faisaient prendre la pleine mesure de son corps. C'était à regretter de n'avoir jamais sculpté, et ses dessins n'épuisaient pas le secret des cuisses, des épaules massives, de son cou très droit. Et puis il y avait les moments *à la Bonnard*. Bien sûr, elle avait aimé ce roman qu'il lui avait choisi, il en avait acquis et laissé traîner d'autres, qu'elle lisait, fût-ce debout, le temps d'aller aux toilettes, alors il dessinait moins elle que l'alentour, les fenêtres qui donnaient sur la mer, les meubles qui dataient des années soixante, usés par des générations de vacanciers, les mochetés qu'on oublie – fils électriques apparents, bouteille de gaz – à force de les voir ; les beautés inattendues (une carafe ancienne posée sur la table, seule dans la lumière de l'après-midi).

D. lisant était prétexte à ça.

Ce fut dans un instant comme ceux-là, retirés du monde, et quand le monde lui-même s'accorde à trouver sa place, qu'elle demanda, vous saviez qu'il y avait un fusil dans la voiture ?

Oui.

Vous vous trimbalez toujours avec un fusil ?

Oui.

Euh, je veux dire, Taillandier, c'est pas votre genre.

Oui.

*

Il n'avait pas rechigné à manger du canard noirci, ni des œufs qui auraient été à la coque, et ni du riz gluant. Elle était très satisfaite, vous voyez que ça vient !

*

Un jour, ils se trouvaient sur la plage et c'était marée basse, elle se tourna vers lui qui crayonnait dans les marges, et, avec cette expression de sérieux qu'il aimait tant chez elle, je peux poser nue si vous voulez. Ça ne me dérange pas.

Vous savez, j'ai regardé ce que vous faites. C'est mon corps et ce n'est pas mon corps. C'est *le* corps.

Arrête, ça devient insupportable, cette intelligence à ton âge.

Alice m'avait dit que depuis sept ans... Je serais contente...

Il ferma les yeux. Je croyais qu'on avait passé un pacte. Et puis je n'ai jamais pris de modèle jusqu'à toi. Ça n'est pas ton derrière que je vais voir, mais ton cul, tu comprends ?

D'accord, dit-elle en revenant à la ligne d'horizon, cependant un peu vexée, je comprends, Taillandier.

XXII

Dans le même temps qu'il avait le sentiment de se dépouiller lentement de tout, à la façon de quelqu'un qui se présenterait devant la mort dans une chemise blanche et pieds nus, il était étonné qu'elle partageât aussi étroitement cette ascèse, et surtout, qu'elle y prît un plaisir évident – encore une fois : pas de son âge. Quelques livres, des journaux, de longues parties d'échecs constituaient leurs seules distractions ; leurs seuls compagnons étaient le ciel, la mer, cette maison. Le terme approchant, elle avait demandé d'en prolonger la location. C'était possible, deux semaines encore. Après, ce serait juillet, elle était réservée, comme tous les ans à la même période par la même famille, avait précisé l'employé.

Pour effacer les traces, Taillandier allait retirer de l'argent à Guingamp, à Morlaix, et jusqu'à Quimper. Daniella, qui avait été si avide dans le Sud de voir du monde, préférait maintenant rester là. Il avait fait la bêtise de lui offrir un guide de tourisme richement illustré, et lorsqu'il insistait pour qu'elle visite telle ville – Quand on ne sait pas où l'on est, Daniella, on ne sait pas *qui* l'on est – elle objectait qu'on ne voyage jamais mieux que dans les livres, et ajoutait avec malice qu'après tout, c'était bien Taillandier qui lui avait appris cela, également. À propos, je vais arriver à la fin de ce roman que vous avez acheté. Si vous pouviez...

Le matin, quand il faisait son lit, et qu'il l'entendait s'affairer, elle-même, dans la chambre voisine, il était pris d'un sentiment étrange. Une gamine qui n'avait pas de projets, un homme usé qui n'en avait plus... Ils se trouvaient au centre de plus en plus de rien, mais ensemble. Quelquefois, il l'entendait chantonner à travers la cloison. Elle devait être en train de ranger ses vêtements, ou d'écouter une cassette, avant d'aller dans la salle de bains, puis de préparer son café. Alors il s'asseyait sous le poids d'une émotion qu'il jugeait absurde – bien réelle cependant. Qu'est-ce qui fait que cette gamine te soit si attachée, Taillandier ? Et qu'est-ce qui te la rend si attachante ?

Quand il allait en ville, c'était vrai, il partait avant tout dénicher une bonne librairie. Lui-même lisait peu de romans, il préférait la poésie, il avait un flair, en revanche, pour sortir des rayons des volumes qui la séduiraient.

L'exercice tenait de celui du crayon qui tâchait de la cerner, sur le papier : une autre façon de la mettre en lumière. Il fallait que les ouvrages fussent contemporains, le plus souvent signés par des femmes, si possible peu épais mais puissants, drus. Ines Cagnati, Agota Kristof, Sylvie Germain, Béatrix Beck. Lorsqu'il avait le sentiment d'avoir mis la main sur les livres *exacts*, il en concevait un soulagement, une sorte de bonheur qui continuaient de lui échapper dans ses dessins.

Comme il lui était arrivé de se sentir seul « là-bas », quand elle se rendait au bourg l'après-midi, il éprouvait maintenant qu'il manquait quelqu'un, quand il allait en ville. Peut-être auraient-ils été dans des musées, si elle avait été avec lui, ou bien auraient-ils visité des églises, suivi à la lettre ce guide qu'il lui avait donné. Il connaissait bien l'art chrétien. Il lui aurait montré comment la Bretagne le transfigure, vierges enfantines, démons à mitraillette, et tout ce peuple de sculptures qu'on dirait ramassées pour prendre moins de place sous le vent.

Il lui aurait indiqué de quelle façon ce saint et son pèlerinage ont façonné la forme de tel village, qui descend vers l'Odet dans une inclinaison gracieuse. Ils auraient suivi la piste des abers, l'un après l'autre. Au lieu de quoi, les courses achevées, à Guingamp, Morlaix ou Quimper, il s'asseyait à des terrasses et commandait des coups de blanc en regardant sa montre, comprenant la nécessité de la laisser un peu seule. Elle avait dit, au moment d'oser demander de prolonger la location, vous savez, c'est la première fois que j'ai une maison à moi.

La Bretagne lui était certainement familière, il n'en regardait pas moins les passants comme des étrangers. Il s'était laissé pousser la barbe. Ce n'était pas par clochardisation : un jour qu'il avait négligé de se raser, elle lui avait assuré que cela lui allait bien, tous ces poils blancs. Depuis, il se caressait les joues en rêvant, guettant l'heure de revenir dans la baraque, animal daté à qui la barbe, en effet, et quoiqu'il en eût toujours détesté le port, donnait une allure de vieux lion. Le moment venu, il réglait ses consommations et s'extirpait de son siège avec un soupir rauque qu'on entendait à l'autre bout du café.

*

Quelquefois, fermant les yeux, il imaginait ce qui était en train de se passer là-bas, dans la grande maison. Alice devait avoir largement battu le rappel, police, hôpitaux. Un avis de recherche planait sans doute au-dessus de la tête d'un Taillandier glabre, a-t-il un signe particulier, madame, quelque chose qui puisse orienter notre enquête ? Vous savez, il faut que je vous avertisse, on travaille plutôt sur les fugues de mineurs, il n'y a même pas abandon de domicile conjugal – vous n'êtes pas mariés. Je suis désolé de vous dire ça, mais des milliers, entendez-moi bien, des milliers de personnes disparaissent en France chaque année. On en retrouve une poignée, pas toujours – et là, je vous rassure – dans des circonstances dramatiques. Ils ont intégré une secte ou bien (ici, le policier tousse en se rendant compte qu'il est allé trop loin), ou bien ils ont refait leur vie. Vous me comprenez, madame ?

Jeanne et Hugo, d'abord alertés par des coups de fil, ont dû la rejoindre. Ils la prennent par l'épaule en marchant doucement et lui promettent que tout va s'arranger, mais ils guettent comme elle la moindre nouvelle. On tressaille à chaque sonnerie du téléphone. Jeanne avoue qu'elle avait un pressentiment, cet anniversaire, ce n'était pas normal, Hugo baisse la tête et révèle le coup des quatre ultimes tableaux qu'il est en ce moment même en train de négocier, *il* ne voulait pas que ça se sache, du boursicotage, paraît-il. DU BOURSICOTAGE ! s'est écriée Alice, bon sang, Taillandier n'a jamais fait la différence entre une action et un marché à long terme. Puis elle pense aux clefs de l'atelier, qu'elle a trouvées par terre, et dont elle croyait qu'il les avait perdues le jour de son, le jour de sa – comment dire ?

Et si c'était intentionnel ? Eux qui ne se seraient pas permis d'y entrer sans lui ouvrent le petit bâtiment. Mais non, il n'y a rien, ni message ni indication. Cela provoque une déchirure, un sentiment néfaste, de ne plus voir *Punto e basta !* à l'endroit attendu, comme si la toile s'était évanouie dans le même temps que son peintre. J'aurais dû comprendre plus tôt, dit Hugo. Je suis le roi des cons.

Alice a-t-elle contacté la banque ? Ce n'est pas impossible. Ce qui est certain, en revanche, c'est qu'elle n'hésite plus, bien qu'elle s'y soit toujours refusée, à ouvrir son courrier. Le relevé de compte tombe de façon bimensuelle. Lorsque celui-ci arrive, ils constatent avec stupeur qu'en outre des dix bâtons que le festin n'a certainement pas coûté, on a pris un hôtel à Granville, on a utilisé des cartes de crédit dans un périmètre ceint par le Cotentin et le Finistère. *On,* car s'agit-il de Taillandier ou de quelqu'un qui connaît ses codes d'accès ? Et Alice, qui s'est renseignée, n'a aucun moyen, suivant les modalités qu'il a fixées avec la banque, de stopper le débit.

Une chose encore : le loueur, inquiet de ne pas voir revenir la Twingo, se sera fait connaître. Mon Taillandier ? Dans une voiture ? demande Alice au téléphone. Ne bougez pas, j'arrive tout de suite.

Elle met au point avec l'employé compréhensif un plan de bataille qui fait renaître l'espoir.

Porter plainte pour vol de véhicule. Voilà qui motivera davantage les services de police, au pire des cas, on commencera de tenir un bout de l'écheveau ; dans le meilleur : on a Taillandier au bout, on retire la plainte. Déjà, elle signe un chèque qui équivaut au prix du modèle, comme sans y penser.

Elle est ainsi faite que le retrouver, oui, l'emmerder, non. De là vient qu'il n'a jamais vu d'avis de recherche dans les journaux. Et s'il avait décidé, ainsi que le disait si gracieusement l'autre, de changer de vie ? De quel droit faire paraître des annonces, Taillandier, vous avez bien lu, s'est évadé ? Et l'on marquera plus tard qu'on l'avait débusqué dans un ashram, ce qui ne regardait que lui ?

À la mi-juin, le territoire se précise. On a utilisé des distributeurs dans le 22, le 29, deux fois dans le 56, à Pontivy. Toujours aucune nouvelle, en revanche, de la voiture.

Hugo est rentré à Paris, Jeanne, près d'Annecy, mais c'est vers elle qu'Alice va à nouveau se tourner. Il faut que quelqu'un soit en permanence à la maison, au cas où. Les vacances scolaires sont proches. Est-ce que ça t'ennuie, ma petite fleur, d'emménager un temps ici avec ton homme et ta fille ? Je voudrais partir en Bretagne.

Taillandier, qui a soigneusement fermé la porte de sa chambre, enfouit la tête dans ses mains. Alors voilà, Alice roule avec lenteur dans les rues de Guingamp ou de Morlaix, en quête d'une bagnole verte, Alice pose des questions dans tous les commerces où elle s'arrête – un homme de soixante-deux ans, avec un regard qui vous enveloppe plutôt que de soupeser ?

Alice prend des hôtels, le soir, et se couchant seule parle à haute voix, c'est pour demain. Demain, je saurai.

Taillandier pleure en silence. Si l'on excepte les larmes qui coulent à la jointure des doigts, on ne s'apercevrait de rien. Pardonne-moi, je t'en prie, pardonne-moi. C'est le passage le plus difficile, Alice. Après, l'espoir s'émoussera. Tu rentreras à la maison. Tu verras tes petits-enfants grandir et tu riras avec eux. Tu continueras d'avoir ces longs et mystérieux conciliabules qui régissent la vie des femmes entre elles. Tu connaîtras aussi ces absences, quand l'esprit atterré doute de tout, ou bien soudain l'on sursaute, il y a eu un bruit à la porte, c'est lui, il revient.

Mais du moins je ne t'aurai pas fait ça : mon corps à identifier. Et le monde qui s'écroule.

*

Houlà ! dit-elle lorsqu'il la rejoignit dans la pièce principale, quelque chose ne va pas ?

Elle était derrière le bar, vêtue d'un tablier

qu'ils avaient trouvé dans les placards et sur lequel étaient imprimées des maximes ridicules, elle tirait un bout de langue en raclant des fruits de mer qui avaient attaché au fond de la poêle, ça ira avec des spaghettis *al dente*, comme vous les aimez. De temps en temps, elle se redressait dans un mouvement très ancestral, des générations entières venues d'Afrique et d'Europe tenaient dans ce geste, une main posée sur la hanche, et l'autre remettant à leur place des mèches. Elle avait rempli un verre de vin, qui reposait sur le comptoir. Vous en voulez un ? Je vous le sers ?

Je n'aime pas quand tu bois de l'alcool.

Vous savez, c'est très curieux, je détestais ça, avant. Mais un bon verre de vin, maintenant... Elle lui avait tourné le dos, et, bien qu'elle s'affairât avec grâce devant les plaques électriques, bien que sa bonne volonté fût évidente, bien qu'il y eût, comme un hommage, ses belles épaules nues – elle n'avait pas retiré son maillot de bain, juste passé son jean par-dessus, et puis le tablier –, il découvrait soudain en elle de la vulgarité. Dans dix ans, songeait-il, elle sera mariée au plouc moyen, elle lui fera la popote. À moins qu'elle trouve un emploi de bonniche.

Tes cheveux, dit-il encore.

Qu'est-ce qu'ils ont, mes cheveux ? Elle se plaçait en face d'un miroir imaginaire et les ébouriffait.

Vilains. Ternes. Trop longs.

Elle éclata d'un coup en sanglots, ce n'étaient pas les mêmes qu'il avait eus, ceux-là étaient bruyants. Elle s'essuyait le visage dans un torchon. Merde, dit-il, je suis désolé. Il ignorait le moyen de prendre quelqu'un dans ses bras. Il le fit de façon malhabile, gêné de toucher les épaules nues. Elle mesurait exactement une tête de moins que lui, qui posait le menton au sommet de son crâne. Là, Daniella, calme, tout va bien, je suis *vraiment* désolé.

*

Elle dansait pour elle seule dans les rues de Carhaix-Plouguer. Elle demandait : Alors, je me les fais couper comment ?

Il inclinait la tête, deux pas en arrière, à la manière d'un tailleur qui prend des mesures, l'œil à demi fermé.

Au ras des oreilles. Une frange droite.

Il avait acheté, pour lui aussi, des lunettes noires, il était inquiet qu'elle se fît ainsi remarquer. Carhaix-Plouguer était dans le périmètre. Si la barbe le transformait un peu, il n'en allait pas de même pour Daniella, avec ses grosses chaussures qu'on entendait à vingt mètres marteler le trottoir.

Chez le coiffeur, ce fut lui qui donna des indications précises, en train de peindre, d'une certaine façon, à nouveau. Quand la coupe fut achevée, il en resta saisi. Bon sang, ce que tu peux être jolie comme ça !

Qu'est-ce qui vous ferait plaisir encore ?

Tes vêtements. Qu'on aille t'acheter des vêtements.

Il n'y avait point de boutique au goût de Taillandier, ils poussèrent jusqu'à Brest, où il débusqua ce qui lui irait : une robe à mi-genoux, des ballerines, un collier fantaisie. Lorsqu'ils sortirent du magasin – il portait ses vieilles hardes dans un grand sac – il lui sembla que des passants se retournaient sur elle, et qu'elle se tenait plus droite.

Ils burent un thé dans une pâtisserie d'avant la guerre, quand on s'adresse au client avec une sorte de componction, et qu'on a éteint les lumières, l'après-midi, par souci d'économie. C'était vrai, qu'elle se tenait plus droite, il y avait pour moitié de l'offrande là-dedans, pour moitié la responsabilité du modèle, et l'on prenait d'abord sa commande à elle. Ils eurent un long silence avant qu'il ose dire, je sais que tu sais, pour mes problèmes cardiaques, ça peut m'arriver n'importe où, mais je t'en prie, si ça se produit, n'appelle jamais quelqu'un. Je préfère crever qu'aller à l'hôpital. Tu comprends ?

Elle faisait signe que oui, et regardait dans la même direction que lui, on voyait le port, et des grues. Elle n'était pas vulgaire. Elle était splendide. Un ultime rayon de soleil accentuait l'harmonie du *tombé* de la coiffure avec la ligne du cou.

Je ne me suis pas trompé... dit-il. Ça te va bien, la mer.

C'est pas la mer, Taillandier, c'est pas la mer... C'est VOUS qui me faites la vie belle. On rentre ?

Il se détourna vers le fond de la salle pour qu'elle ne s'en aperçoive pas. Ça devenait chiant, cette manie qu'il avait des larmes aux yeux à tout moment. Il se faisait décidément vieux. Ou bien arrêter le scotch. Le vin. De fumer.

XXIII

De façon très curieuse, ce *modelage* de Daniella s'accompagna d'une plus grande joie de dessiner, ou de moins de souffrance, comme on voudra. S'il continuait de ne pas être satisfait de son travail, il commençait de sentir qu'il touchait à quelque chose. Daniella elle-même, qui ne s'était jusque-là jamais permis le moindre mot à ce sujet, lui en fit la remarque, j'aime beaucoup. Cela lui tira un sourire. Que savait-elle de la peinture ? Or ce n'était pas une culture qui dictait son jugement, mais l'œil très sûr, vérificateur, que posent certaines femmes sur leur propre corps. Une vraie petite femelle, pensa-t-il, et ce n'était pas injurieux, mais admiratif.

Un matin qu'elle revenait de son kilomètre à la nage, et qu'elle avait ce geste gracieux pour tordre ses cheveux avant de les essuyer, elle demanda, vous ne me parlez jamais de peinture. C'était – c'est – pourtant toute votre vie, je crois.

Tu oublies notre pacte.

Non, Taillandier, ça ne rentre pas dans le pacte. Après s'être séchée, elle s'était assise en face de lui sur les rochers, attendant, les genoux aux mentons, les yeux bien plantés dans les siens, il ne savait quel cours d'art magistral.

Mon Dieu, par où commencer ?

Je n'ai jamais rien su faire d'autre, dit-il. C'est toute ma vie, tu as raison, parce que pas une seconde je n'ai pensé à autre chose non plus. Peindre était au-dessus de tout. Et puis *lire* des tableaux...

Ça débute ainsi, à mon avis : tu es fascinée par la reproduction d'une gravure de Rembrandt – ma grand-mère en possédait, mais je te passe les détails – et dans le temps même de l'éblouissement, tu regardes comment c'est fichu. Tu es double : au moment de donner tout l'amour dont tu es capable – et il est immense, puisque tu ne penses qu'à ça – tu es déjà en train d'emprunter, de voler, de piocher.

Au départ, tu copies, tu tâtonnes, tu signes des choses que tu regretteras plus tard, au point que certaines personnes regrettent d'avoir commis un crime. Puis *cela*, petit à petit, vient au jour. Mais vers quoi tends-tu donc ? Tu l'ignores. Seule certitude : être au service de ça, même pas le maître : l'ouvrier de ça, qui n'appartient qu'à toi, et que tu as le sentiment de cerner à chaque instant davantage. Je me souviens d'avoir guetté l'œuvre de quelques artistes – Rauschenberg, par exemple – comme j'avale maintenant des journaux, il y avait de l'espionnite là-dedans, et pas seulement : la révélation, également, à mesure que je suivais son travail, que le tableau réussi n'est pas beau, il est *juste*. En vertu de quoi ? Cela reste un profond mystère.

J'ai rencontré Rauschenberg, j'ai eu cette chance, il disait Tail-lan-dier en prenant exprès l'accent américain, lui qui maîtrisait d'autres langues. Il attendait ce que je faisais de la même manière que, moi, j'étais attentif à ce qu'il exposait. Je n'ai jamais été aussi ému.

Je suis un vieux con, Daniella. Et les vieux cons, à un moment ou à un autre, faut toujours qu'ils racontent. Essaye encore de me piéger.

*

Le matin du départ, ils reçurent la visite de l'agence. Daniella vérifia après eux que tout était éteint, débranché, propre. Elle donna elle-même les deux tours des clefs qu'elle rendit à l'employé, mais avec le sentiment de sceller les rochers et les vagues, le vent. Taillandier l'attendait dans la voiture. Il pleuvait. Le coffre était plein de coquillages qui serviraient un jour de cendriers. Les romans dont elle n'avait pu se résoudre à se séparer avaient été emballés dans des sacs en plastique. L'échiquier trônant au-dessus des bagages, c'était absurde, lui avait donné une sensation de deuil.

Elle ne se décida à parler que passé Saint-Nazaire, en direction de Nantes, où va-t-on comme ça ? La pluie ne cessait pas. Non une pluie d'été, mais un fin rideau qui renvoyait le pays à l'hiver. Les essuie-glaces s'en sortaient mal, qui privilégiaient en couinant la vision du passager plutôt que celle du conducteur.

Où va-t-on comme ça ? Il était content qu'il plût. Moins de flics sur les routes. Croiser Alice sans s'en apercevoir. Il jetait de temps en temps un œil sur la carte posée au-dessus du tableau de bord. Voyons, le Poitou, l'Aunis, l'Angoumois. La Rochelle.

La Rochelle, je crois, te séduira.

*

Il prit deux chambres, à midi, près du port. Elles étaient, cette fois, nettement séparées. Il en obtint une dont les fenêtres ouvraient à l'ouest sur les fameuses tours jumelles, à l'entrée du Pertuis, et sur des éclaircies dans le ciel.

Elle hérita d'une autre à l'est, un étage plus bas, qui donnait sur des immeubles et une cour. Il proposa : veux-tu que nous échangions ? Elle préférait barrer d'une croix juin sur cette ambiance-là : cette sorte de puits obscur, là, en dessous – le mont de nuages qui revenait à l'horizon.

Elle avait ôté ses chaussures plates, et regardait une émission évidemment débile à la télévision. À quoi était dû le sentiment, dans ce retour en arrière, de faillite, ou d'échec, d'avoir fait beaucoup de route pour rien ?

Elle éteignit brutalement le poste. Elle avait froid dans cette robe, malgré la saison. Elle s'aperçut que le collier fantaisie lui serrait le cou. Elle flanqua la première en tas au milieu de la pièce ; le second atterrit pile dans la poubelle, après un magnifique drop du pied, je ne suis plus d'accord, Taillandier.

Ils étaient convenus de se retrouver au restaurant, en rez-de-chaussée. Il y avait une spécialité de fruits de mer, que mentionnaient des dépliants touristiques. Lorsqu'elle le rejoignit à table, avec ces *boots* qu'on entendait à vingt mètres, le blouson tout à fait pourri, il demanda, qu'est-ce qui arrive ? Est-ce que nous pouvons en parler ?

*

L'incident survint le soir, et s'il ne fut pas exactement dû à Daniella, elle n'y était pas non plus étrangère. Le beau temps était revenu, ils avaient passé l'après-midi à longer les quais.

Taillandier, pour la distraire, s'était montré trop volubile, trop faussement enjoué. Il avait fallu acheter des gaufres, et puis tout à coup des glaces. Elle n'avait pas achevé la sienne, à mesure plus maussade. Pourquoi – et pour la première fois – *mentait*-il comme ça ?

Ils visitaient à ce moment-là le centre-ville, c'était l'heure où les magasins ferment, il crut entendre des réflexions désobligeantes derrière eux, il tendit l'oreille, il ne se trompait pas, on disait, d'une voix qui tâchait d'être assourdie, pas assez cependant, regarde-moi ces vieux schnocks, parce que ça a un peu de pognon, ça baise les gamines.

Attends, c'est peut-être sa fille, ou sa petite-fille.

Évident que non. Ça saute aux yeux... C'est dégueulasse.

Quand il se retourna, il surprit deux jeunes garçons élégants, frais, jolis à voir, de ceux qui habitent l'été sur la côte Atlantique, leurs parents y ont une maison, le reste du temps, ils le passent à critiquer vaguement la tenue d'autres lycéens en terminale, du côté de la rue de l'Assomption, Paris, XVIe. Ils pouvaient tout aussi bien lui mettre un pain dans la figure. Et alors ?

De quel droit, s'écria-t-il en faisant brusquement volte-face, et en barrant le passage de la rue, de quel droit dites-vous des choses pareilles ? Que savez-vous de la vie ?

La très sainte colère le reprenait, les mots ne provenaient plus de la tête, et ni de la gorge, mais du ventre : Vous êtes des enfants et aussitôt vous pourrissez la vie ? Vous disiez « dégueulasse » ? Vous êtes, vous, répugnants. Pardon, rectification, vous *serez* répugnants.

Il eut son malaise au seuil de la porte de Daniella, alors qu'il lui souhaitait bonsoir. Laisse-moi rentrer, je t'en prie.

Il s'effondra sur le ventre, à même la moquette, bras en croix. Il eut le temps de demander, tu te souviens de nos conventions ? Elle n'eut pas celui de lui répondre. Il s'était évanoui.

*

Vieux peintre, vieux schnock, vieux lion, putain, ne meurs pas, s'il te plaît. Elle n'avait pas – tout comme lui – l'habitude de toucher quelqu'un, cela lui coûtait de passer sa main dans ses cheveux, dans sa barbe, de lui masser le dos, de lui frotter les côtes, mince, comment on fait quand un homme est en train de mourir ?

Reste là, Taillandier, re-putain j'ai besoin de toi, tu m'as fait connaître les rochers et l'océan, tu m'as hissée au monde, tu as été le barrage contre sa bêtise, et une porte qui donne sur sa beauté, bon sang, est-ce que tu vas réagir, est-ce que tu vas me laisser ?

Elle s'était mise à cheval sur son dos et lui flanquait des gifles sur les joues, je m'appelle Daniella, j'aurai seize ans dans deux jours, mais bien sûr tu l'ignores, je t'en supplie, Taillandier, reviens.

Elle le secouait si fort qu'elle se mettait en sueur, et ne parvenait pas à le déplacer de quelques centimètres. Elle ne s'était jamais rendu compte à quel point il était long, et lourd. À quel point ses vêtements étaient froissables, et lui, fait de chair et d'os, tangible, *vrai*. Réveille-toi, merde, merde...

Puis il y eut ce moment où elle se reprit, toujours à cheval sur son dos, elle se redressait, mouillait ses cheveux avec ce qui coulait de son front, récupérant sa respiration, droite comme jamais, O.K. sale bête, on va jouer à un nouveau jeu, je veux tellement pas que tu partes, tu ne vas pas partir, Jacques a dit que la mort a peur des jeunes filles, tu parlais de droit – elle lui fichait, maintenant, de grandes claques dans la tête, à tour de bras – debout !

Tu n'as pas le droit. La mort a peur des jeunes filles. Debout, sale con !

XXIV

Quand il reprit conscience, elle n'était plus à califourchon sur lui, mais assise en tailleur à même le sol, et le regardait avec la fixité d'une pythie.

Ça marche, dit-elle. J'ai des pouvoirs.

Il eut un gémissement en se retournant sur le dos. Le plus dur était de retrouver sa respiration. Il fallait réapprendre à inspirer, à expirer, ce n'est pas facile lorsqu'il y a cette douleur intolérable dans la poitrine – mais qui va s'atténuant – et ce bruit irrégulier de tam-tam dans la tête. Cela se traduisait par une série de sifflements rauques.

Elle attendait sagement, sans paraître le moins du monde angoissée. Quand il put enfin parler : Tu as appelé quelqu'un ? demanda-t-il.

Elle faisait signe que non.

Parfait. Aide-moi à me relever.

Elle le soutint pour faire les quelques pas qui

le séparaient du lit où il s'allongea doucement. Nous allons changer de chambre, en définitive, et si ça ne t'ennuie pas. Tu prendras la mienne, je suis incapable de bouger. Pour le repas, ce soir, tu n'auras qu'à descendre au restaurant, tu fais porter le tout sur ma note. Tu veux de l'argent pour sortir ?

Je reste dans le coin et j'ai les clefs, dit-elle. Vous ne vous en tirerez pas comme ça.

Au moment de partir, elle parut se souvenir de quelque chose, revint vers le lit, s'y assit et commença de délacer les souliers de Taillandier. Vous serez mieux...

Arrête, Daniella – et elle fut contente de ce ton qui redevenait ferme, c'était le signe qu'elle avait gagné –, je préfère cent fois l'inconfort à ce que quelqu'un enlève MES brodequins. Toute ma vie a été bâtie sur ce principe, je n'en ai pas d'autre en réserve, tu comprends ?

Elle haussa les épaules avant de quitter pour de bon la chambre. C'est complètement idiot. Mais ça vous regarde.

*

Il suffit, Taillandier. Ça ne peut pas durer plus longtemps.

La pièce était à présent plongée dans le noir. Il avait réussi à retirer lui-même ses chaussures. La petite peut s'envoler maintenant, et au pire, elle a un rasoir dans la poche. Elle n'est plus myope, du moins, avec sa cargaison de lentilles. Penser à lui ouvrir un compte en banque, par ailleurs. Alors, quel est le schéma ?

On rentre à Coutances. Je vais voir sa mère. Je ne sais pas comment je vais m'y prendre, mais je te jure que je vais lui faire rentrer dans le crâne qu'on ne laisse pas autant d'amour dehors. Et ce genre de femmes, c'est justement celui qui écoutera un homme de soixante-deux ans. Ça a trop reçu de coups lors de jeunesses qu'on n'ose même pas imaginer. Après, j'appelle Daniella par la fenêtre, je lui dis qu'elle peut monter, elles se tombent dans les bras (scénario idéal).

Ou bien elle n'est pas là. Ou bien elle est ailleurs. Je laisse Daniella au carrefour qui mène à Caen, pouce en l'air, avec son bagage augmenté de livres, d'un échiquier, de coquillages. En cas de problème, elle aura eu l'intelligence de joindre Alice.

Et ça ne me fait rien de l'abandonner parce que c'est à moi, maintenant. Mon fusil, l'Ardenne, ma vie.

« L'abandonner », tu as de ces gros mots, Taillandier... Es-tu son père ?

Il lui téléphona vers vingt-trois heures, en passant par le relais de la réception. Non, elle n'était pas sortie, et oui, elle avait bien mangé. Elle s'apprêtait, justement, à venir voir comment il allait. C'était délicieux, au restaurant.

Un turbot sauce machin. On m'a conseillé un blanc dont je ne me rappelle pas le nom. Vous savez, j'ai même pris une eau-de-vie en digestif. Pas pu la finir. On m'a laissée la monter, elle est à côté de moi, nous sommes deux à vous souhaiter une bonne année et une meilleure santé.

Elle était ivre. Il demanda, tu m'écoutes, Daniella ? Tu enregistres ? On file à Coutances demain. Je vais voir ta mère.

Il y eut un silence.

Je vais voir ta mère, et elle m'entendra.

Nouveau silence.

Si elle est absente, je te laisse au bord de la route. Ah ! et puis fouille dans mes affaires, tu trouveras ces croquis de toi. Je voulais les donner à relier, ou à coudre. N'importe... Je te les offre tels quels. Tu te souviens de Hugo ? Il porte le même nom que moi, il habite Paris, tu le trouveras facilement ; en cas de souci financier, il saura te les vendre un bon prix, avec discrétion – et, en prononçant ce mot de « discrétion », il se rendit compte qu'il ne s'adressait plus à Daniella, mais à Hugo, que pensera-t-il de cette panne dans l'histoire, une centaine de crobards qui, tous, représentent une jeune fille un peu massive, effectués dans un style académique, et alors qu'on le croyait mort ? Une chance sur deux, songea-t-il, une chance sur deux que Hugo n'en parle pas à Alice.

C'est tout ? demanda-t-elle au bout d'un temps.

Je crois que j'ai fait le tour, répondit-il.

Au nom de quoi m'infliger cette espèce d'emploi du temps ? Et puis vous n'auriez pas d'autres idées ?

Non, dit-il. Je crois vraiment que j'ai fait le tour.

XXV

Elle ne posa qu'une question, entre le petit déjeuner à La Rochelle et l'arrivée à Coutances : Est-ce qu'on pouvait acheter des piles, pour le Walkman ? Ils s'arrêtèrent dans une épicerie de village.

Lui ressassait toutes les formes de discours capables de ramener une mère à un peu de raison : apitoyant, sec, menaçant. Cela ne servait de rien, il le savait. Ce qu'il fallait, c'était foncer dans le tas, et après on verrait.

Le silence pesa, dans la voiture, jusqu'à ce qu'ils atteignissent le bourg. Il gagna le centre-ville à la recherche de la première banque venue. Quand il l'eut trouvée, quand il se fut garé devant, ayant serré le frein à main, il se tourna vers Daniella, ça t'ennuie d'enlever ces écouteurs ? On va t'ouvrir un compte. Il faut que tu viennes avec moi.

Je n'y tiens pas, Taillandier.

C'est indispensable, je vais avoir besoin de ta signature, prends tes papiers d'identité.

Je n'y tiens pas parce que j'ai un sale pressentiment. D'accord, vous tâcherez de convaincre maman. D'accord, laissez-moi, sinon, au carrefour de Caen. Mais cette foutue Twingo ne reviendra pas au bercail. Il y a ce fusil dans le coffre. Si vous m'ouvrez un compte, je téléphone immédiatement à Alice.

Il commença par dire, je croyais que nous avions ce pacte, avant d'éclater de rire – cette gamine qui le fixait avec ses yeux très noirs, l'expression volontaire et menaçante... Il la poussa presque hors de la voiture. Il admira la façon dont, devant le banquier impatienté, elle remplit des papiers, le baladeur de nouveau aux oreilles, et le volume à fond.

Lorsque ce fut à son tour de parapher le virement de telle somme, et qu'on le regardait avec cette sorte d'interrogation mêlée de complicité – Vous me comprenez, monsieur ? Nous avions d'autres manières, à l'époque –, il la regarda, qui pressait à présent des deux mains la musique contre ses oreilles, au bord de danser dans l'agence, eh oui, glissa-t-il en confidence, s'accoudant au guichet, nous étions obéissants et très idiots. Observez-la bien : elle est en train de bâtir un mur. J'espère qu'elle restera de ce côté, et que vous ne réussirez pas à passer pardessus.

*

Juillet accentuait davantage l'aspect désolé de la zone. Même les feuilles aux arbres étaient plus petites qu'ailleurs, et recouvertes d'une poussière jaune. Un chien en liberté paraissait incongru. On était mieux habitués à les voir plus en forme et tenus en laisse, à la tête de patrouilles.

Il demanda, je voudrais que tu restes dans la voiture, je vais me débrouiller pour arranger ça, je t'appellerai de la fenêtre. Donne-moi l'étage et le numéro de l'appartement.

C 23. C, comme le bâtiment, et 23 parce que c'était le troisième, au deuxième palier, pas difficile à oublier. Après quoi, elle remit ses écouteurs en place.

La plupart des boîtes aux lettres étaient forcées, dans l'entrée. Il évitait de regarder dans les coins sombres d'où montait l'odeur de l'urine. Parvenu à l'étage, il n'eut aucun mal à repérer l'appartement : la porte en était curieusement barrée d'une bande de plastique rouge et blanc, ainsi qu'on en voit sur les chantiers. Il eut beau frapper, on ne répondait pas. Il tendit l'oreille, d'évidence, il n'y avait personne là-dedans. Cela le laissa désemparé : il ignorait pourquoi, du moment où il avait pris la décision de rencontrer la mère de Daniella, il avait été convaincu de la trouver à domicile.

Attendre qu'elle revienne ? Il y réfléchissait quand une porte s'ouvrit dans son dos. Une matrone l'observait par le battant entrebâillé. Vous savez où elle est ? demanda-t-il en pointant du doigt le C 23.

On commença de lui parler en français, puis très vite le débit s'emballa dans une langue pour lui inconnue, dans le même temps que, la porte s'ouvrant largement, on se plantait sur le seuil, mains aux hanches, et qu'on se lançait dans une sorte de harangue. Derrière elle, Taillandier reconnut quelqu'un.

Salut Njoya, dit-il. Tu te souviens de moi ? Tu sais où elle est ?

L'enfant fit taire sa mère, qui s'effaça pour le laisser passer. Vous la connaissiez, m'sieur ? Non ? Tant mieux, ça va être plus facile pour moi. Elle est morte, m'sieur. Suicidée ou assassinée, on ne sait pas. Une enquête est en cours. C'est pour ça, le bandeau. Ils vont revenir poser des scellés.

Il était presque parvenu aux boîtes crevées lorsqu'il s'arrêta, et s'assit sur une marche. Il ne pensait pas à la mère, la mère, il s'en foutait, il pensait à Daniella, et à sa propre volonté d'en finir. De quel droit peut-on se soustraire à l'amour de l'autre ? Et qui sommes-nous pour nous arroger ainsi la peine et le chagrin, l'inquiétude et le deuil ? Où est le vrai courage, Taillandier ? Hein, dis ? Dans des duels d'homme à homme, chacun à un bout de la rue que tu es seul à voir, fusil en main ? Pauvre bête, va, pauvre crétin.

Alice. Ne pas évoquer Alice, sinon je vais recommencer à chialer. L'hosto, à nouveau ? Eh bien oui, mon pote. Tu n'avais même pas songé à lui faire ce genre de cadeau ? Pour qui te prends-tu, bon sang, POUR QUI TE PRENDS-TU ?

Il inspira un grand coup et regarda sa montre. Vingt minutes, il laisserait filer vingt minutes, ça paraissait un délai suffisant.

*

Elle a disparu, dit-il.

Comment ça ? Il pouvait sentir sur lui les yeux agrandis par l'incompréhension, quoiqu'il évitât de se tourner vers elle en démarrant.

Elle a disparu, pfuit, envolée.

Mais ce n'est pas possible !

Écoute, Daniella, tu m'as dit toi-même que vous aviez déménagé quinze fois d'endroits et, si je compte bien, en quinze ans.

Ce n'est pas possible, il faut que je... Elle agrippait la poignée de la portière, il la retint par le bras.

J'ai fait tous les étages, dit-il. J'ai interrogé tout ce qui survit en juillet là-dedans. J'ai vu Njoya, tu connais Njoya, n'est-ce pas ? À quoi crois-tu que j'ai passé cette demi-heure ? Personne, entends-moi bien, personne ne sait où elle est allée. On l'a vue partir avec ses valises, point barre.

*

Elle l'accompagna dans un état second à la banque où, sous les yeux du directeur ahuri, ils soldèrent ce qu'ils avaient ouvert le jour même. Nous sommes très volages, ces temps-ci, expliqua Taillandier, quasi en chantonnant.

Ce fut à la sortie de Coutances qu'elle retrouva sa voix. Qu'est-ce que je vais devenir ? Elle était prostrée sur son siège, une toute petite chose, vraiment.

Ça, seul l'avenir le dira, répondit-il. Mais quelqu'un de bien, je crois.

XXVI

Il appela depuis une cabine aux alentours de Clermont-Ferrand. Il ne s'était pas trompé, Jeanne n'attendit pas la seconde sonnerie avant de décrocher.

Attends, ma petite fleur, ne me pose aucune question, et ne te mets pas à pleurer. Tu dois avoir le moyen de joindre Alice. Dis-lui que je reviens. Peut-être même ce soir, mais je ne roule pas bien vite.

Il trouva la forêt rêvée vers Valence, de la ronce partout, le genre d'endroit qui écartait d'emblée le promeneur comme le chasseur, il ne s'agissait pas qu'on en fasse mauvais usage, il envoya valdinguer le pétard dans son étui au beau milieu d'un fourré plus dense que les autres.

Ils dépassaient Gap lorsqu'elle eut un ton soudain redevenu ingénu, plein de cette propension subite qu'ont certaines jeunes filles à mêler le noir et le bleu, pour dire, mince, j'avais oublié, c'est demain que j'ai seize ans.

Il va falloir que je songe à te faire un beau cadeau.

Joyeux anniversaire, Daniella.

5592

Composition
PCA à Rezé

Achevé d'imprimer en Slovaquie
par NOVOPRINT SLK
le 23 avril 2012.

1er dépôt légal dans la collection juillet 2000.
EAN 9782290055946

ÉDITIONS J'AI LU
87, quai Panhard-et-Levassor, 75013 Paris

Diffusion France et étranger : Flammarion